U0502247

右上（2010 年 11 月 5 日由 Nicolas Guérin 拍摄）和下（2013 年 5 月 24 日）皆为在吉卜力工作室拍摄的作者与高畑勋导演和宫崎骏导演的珍贵三人合照，以这两位导演为中心的吉卜力已经走过了 30 年。左上是作者的绘画，为初次被宫崎骏导演称赞的作品。

ゆく河の流れは
絶えずして
しかも、もとの水に
あらず
淀みに浮かぶ
うたかたは
かつ消えかつ結びて
久しくとどまりたる
例しなし
世の中にある人と栖と
またかくのごとし

作者的书法水平广为人知，并且以各种各样的形式出现在吉卜力的作品当中。

乐在工作

与宫崎骏、高畑勋在吉卜力的现场

〔日〕铃木敏夫 著

杜蕾
陆求实 译
赵婉宁

中国华侨出版社
· 北京 ·

图为宫崎骏导演手绘的他与铃木敏夫的合影。这是铃木敏夫最喜欢的一张图片。

新版前言

英格玛·伯格曼拍过一部影片:《沉默》。该作品在公映之初便引起大家热议,这究竟是艺术还是猥亵?当时,我还是个高中一年级学生,属于"未满十八岁禁止观看"的人群,因此只能徒生羡慕之情。后来,同伴中有人突然说了句:"可以看看预告片!"

于是,我们因为这个偶然的契机观看了《汤姆·琼斯》这部影片。我承认,动机不纯,因为我们观片的目的是这部随片放映的预告片。不过,正是这部影片极大地改变了我后来的人生,人生真是深奥难测。这是部描写一名青年恋爱、冒险的喜剧,我对主人公着了迷,主人公积极开朗、正直的人生态度,给了我极大影响。

与此同时,植木等创作的《什么也别说,跟我来吧!》这首歌在日本的大街小巷流行一时。歌词中有这样几句:

> 没有金钱?跟我来吧!
>
> 我也没钱,不过不必担心,
>
> 你看,蓝天,白云,
>
> 一切总会好起来的!

当时正是日本经济高速腾飞时期,日本人一个个像工蜂似的,脑子也开始变得不正常了。正是在这样的背景下，植木等的歌曲中所表达的盲目自信更拯救了日本人，每个人嘴上都挂着"一切总会好起来的"这句口号。

一部影片决定一个人的一生，一首歌曲改变整个世界的观念——我想做这样的工作。前路虽然不清，但这一瞬间仿佛已经窥见到了未来。

此次，我特意查了查前面说的两件事情，都发生于 1964 年，距今 50 年了。

铃木敏夫

2014 年 5 月

序——那些潜伏的记忆

　　我至今似乎从没想过要去回忆和整理自己所做过的工作，因为我总觉得无论如何回忆或整理，都会因为脱离了事情发生时的情境，导致记忆与事实发生偏离。

　　所以，我从不打算记着自己做过的事，甚至觉得有些事还是忘掉比较好，我有时也会努力遗忘一些事情。清空自己才能更好地向前走，这似乎成了指导我工作的原则。

　　这样的想法源自何处，实际上我连这个也想不起来了。或许是源自学生时代读的宫泽贤治的书，又或许是受到寺山修司[1]的影响吧。我从他们那里获得了我想要的东西，那就是过去的让它过去，眼前正在发生的瞬间才是最重要的。

　　关键是"现在"，是"眼前"，"过去"怎样都无所谓。我和宫崎骏——也就是老宫，相识了大约30年[2]。这些年，我们几乎天天都要谈话，但是从不谈过去的事，我们谈的永远都是现在，说的也都是现在必须做的事，或者是有关未来一年的计划。仅仅是这些，我们就有像山一样说不

---

[1]　寺山修司：日本诗人、评论家、电影导演。代表作有《草迷宫》《狂人教育》等。
[2]　本书最初写于2008年。

3

完的话。

老宫是出了名的健忘的人，不过我认为这正是他创作的秘密。对于一般人来说，有了像他这样的成就，肯定会背着这些成就往前走，创作手法也只是在原有的基础上不断改进，以此来求胜。但老宫不是，他会像个新人导演一样，以挑战的姿态去创作。这就是老宫身为创作者的个性，不过也说不准他是不记得自己做过什么了吧。

我记得作家吉行淳之介[1]说过这样的话："被记忆遗忘了的事总归不是什么重要的事。"换句话说，每个人的身体里都有刻骨铭心的记忆和被遗忘的记忆，对于那些不靠做笔记或是记日记就会遗忘的记忆，那就忘却好了。吉行先生这句话我也是凭着模糊的记忆写下来的，但这种不知何时沁入心扉的东西才是最重要的，不是吗？

身为制片人，做过什么样的宣传画，在什么样的条件下与别人进行合作，以及先例如何等，都非常重要。但是，我平时并不需要刻意记住这些，只需在必要的时候咨询旁人即可，或者翻阅当时的材料，需要记起的东西自然会在脑海里浮现。

有工具就尽管利用起来，为此就需要做记录，但记录和记忆是完全不同的两样东西。我认为人的记忆容量有限，因此，要用有限的记忆记住更为重要的事情，而自己做过的事情则最小限度地去记忆。

我在与人聊天的时候，常常会用"我突然想起件事儿"这样的话扩大谈话内容的范围或是转换话题。实际上，这是因为我的思维就是这样。我

---

[1] 吉行淳之介：日本战后第三代新人派代表作家。代表作有《星月刺破天空》《沙上的植物群》等。

经常说着说着就想起某件事，或者别人的提问会突然让我记忆的某部分复苏。因为这些都是潜伏在身体里的记忆，不知何时偷偷地潜伏进我的记忆里，并非刻意为之。

正因如此，对于某件事是在哪儿发生的，当时有哪些人等问题，我不一定会记得很确切，有时甚至连事件的前后顺序也会搞混，但我总认为重要的还是这件事本身。比如做计算题，55+44=99，2050+1030=3080，有时我们并不需要记住精确的数值，只需要对 100 或是 3000 这样的大概数值有个了解就可以。

从月刊动画资讯杂志《Animage》创刊至今（2008 年著书时），我接触动画世界有 30 年了，吉卜力工作室成立至今也已 20 周年。在这些年里，什么是我认为重要的记忆，哪些"记忆"在不知不觉间成了我的一部分呢？接下来，我将原原本本地遵从回忆，把它们写出来。

如果我说得太啰唆或是叙述得太过天马行空，还望见谅，因为"我突然想起来的事儿"实在是太多了。我也不知道读者是否觉得这些事有趣或能否从中得到启发，我只是单纯地希望各位读者能够用自己的方式去阅读本书。

目录

一

"工作上公私不分 / 拜托的话就全权拜托"

—— 《Animage》创刊时期

图为大学时代的铃木敏夫，那个时候还留着长发。

·••• •••·

　　我记得大概是在 1978 年 3 月底，尾形英夫先生邀我出来喝茶时，他说："我请客，咱们一块儿喝茶去！"突然被一个以吝啬出名的人邀请喝茶，我总觉得有点危险。果然，我的预感应验了，那是件改变我后来人生轨迹的事情。

　　"想必你已经知道《Animage》将在 5 月 26 日创刊了吧……我想请敏夫你来做。"

　　"啊？"我突然不知道要接什么话。我知道为了创办日本第一本真正的动画资讯的杂志，尾形先生至少准备了半年，并且频繁与其他企划公司的人开会研究此事。

　　"你说他们啊，其实我去年就已经把他们全部开除了。"

　　我再次惊讶得哑口无言。等心情平静了些，我说道："可这么一算，离发刊日也就不到两个月了吧？"

　　尾形先生总爱抛出一些紧急的任务，这已经是出了名的。但这次我听到这个任务，还是忍不住倒吸一口凉气。

　　　　　　　　　　　　　　　　——摘自《公私不分的人》，2004 年

·••• •••·

○ 从《朝日艺能》周刊起步

我是在 1972 年进入德间书店工作的。

最初我被分到《朝日艺能》周刊编辑部，在此之前我甚至连周刊都没看过。但是尝试接手这项工作后，我发现这是个有其独特魅力的世界。认真地会面采访，变换视角去思考，快速地行动，这些都是我从这份工作中学到的东西，至今仍是我在工作中所秉持的原则，这份工作可以说让我获益良多。

《朝日艺能》周刊编辑部里分为企划小组和特辑小组。我一开始是在企划小组里，负责《占卜》和《漫画》等栏目。那个时候担任企划小组组长的是常在刊首发表文章的尾形英夫先生，他于 2007 年去世，我一直认为他是个有着独特魅力的人。

工作的第二年，我开始从事《朝日艺能》周刊的别刊《漫画 & 漫画》的编辑工作，也渐渐与手塚治虫、石森章太郎、乔治·秋山等漫画家熟悉起来。再后来，我又被调去特辑小组，几乎每周都要写特辑之页（由 4 页构成）。我现在还能想起来的特辑中，有一篇叫作《暴走族与特攻队》。创作这篇特辑的意图是，我想将终战纪念日与"现在"联系起来，再结合着采访一下"暴走族"这个当时备受大家热议的话题。受访的人中，大部分赶上了海军航空队兼特攻队的时期，有些则与特攻队时期几乎没什么交集。我问他们如何看待暴走族，两边的感想截然不同。特攻队时期活下来的人表示"心情上可以理解"，而不属于这一时期的人则基本都持否定态度。尽管他们并不愿多讲当时的事情，但他们都认为，能决心赴死的人是很了不起的。

在我坚持不懈地聊了 8 个小时之后，终于有人说起了当年的记忆。

对暴走族的采访很有意思。他们包下一家茶馆举办聚会。你猜，他们在里边举行什么活动？竟然有些类似于学校的课外小组活动。比如有人提出摩托车后座不能让女孩子坐，然后就有女孩子站出来反对。比如有人一边说着"大家注意点，今天有记者来采访"，一边认真讨论着问题。再比如，他们讨论应对警察的策略时，还会举出具体的事例："如果这么做就会构成妨碍执行公务罪，请各位注意。"而我则有幸亲身感受了他们的聚会。

在做出解释之前，一定要先身临其境去体验，因为有些东西只有当时在现场才能看到。这也是我在周刊编辑部工作期间获得的宝贵经验。

○ 只有三周！

言归正传，我们来讲讲 1978 年春天《Animage》创刊号的事。

首先，我要更正一下开篇的文章（《公私不分的人》）中的一个错误。我被邀请去喝茶的时间不是 3 月，而是 4 月，长假前夕。并且，他所说的与企划公司分道扬镳的时间也不是"去年"，而是"昨天"。离发刊日也不是所谓的"两个月"，而是三周！

为什么会出现这些错误呢？我的这篇文章当初是发表在尾形先生的《攻击那面旗！ Animage 血风录》上（2004 年出版，书中记载了以高畑勋、宫崎骏为主的相关从业者的言论），简言之，就是尾形先生擅自改动的。即便是他这样的人，被爆出有过如此手忙脚乱的时候，应该也会觉得尴尬吧，所以才微妙地错开了时间点。一边让我写稿，一边又把关键的地方悄悄做改动，对此还不以为意，也的确是尾形先生才干得出来的事。我想趁着本书出版的机会，将这个错误稍做更正。

当时，我正在负责面向儿童的电视杂志《月刊电视乐园》，而《Animage》最初决定是以《月刊电视乐园》的别册形式出版的，因此就算是命令我负责《Animage》，也不能说是脑子抽筋了。虽然叫作别册，但并非只做一本，反而直接宣称月刊形式，所以实际上我要做的就是创刊（从 Vol.3 开始，"别册"二字也去掉了，无论是从名还是实上都成了独立的杂志）。即便是"两个月"都是不可能的事，变成"三周"居然也乱七八糟地撑下来了，只能说是叹为观止。当时就是这么一个情况。

不过，我倒是非常欣赏"Animage"这个刊名。这个名字是将英语单词"动画（animation）"和法语单词"影像（image）"连接在一起，并进一步缩略而成的。这创意真是很有尾形先生的范儿。他简直就是个取名字的天才，高畑勋先生后来也对此称赞不已。

○ "其他的就交给你啦！"

后来如何了呢？我继续说说开篇文章的后续事情。

在那之后，"我想请你负责""不行，我做不来"这样的对话在我俩之间反复了不知多少次。"毕竟时间那么紧，又没有人手。"可是说着说着，不知道在什么时候，我就落入了尾形先生的圈套。

"人手方面，我会按照铃木敏夫先生希望的那样去努力，但总编辑还得是我啊。"

在此之前，我做的是面向儿童的电视杂志，也不是没有接触过动画，但是我对做动画杂志真是一点信心都没有。毕竟我要面临的挑战是将日本第一本真正的动画杂志在不足两个月的时间里做出来。

○ 编辑方针是什么？

"实际上我的儿子非常喜欢动漫。因此我想出版一本高级的，给聪明孩子看的动漫杂志。"

我听了很后悔接下这个活儿，但是已经来不及了。

尾形先生就是这么一个思想单纯的人。

"除此之外的编辑方针是？"

"大特辑要做《宇宙战舰大和号》。我儿子是这部作品的'死忠粉'，所以这个没的商量。其他的就交给你啦！"

刚刚所说的"两个月"就是更正过来的"三周"。

现在说起来好像很轻松，但当时确实拼了老命，而且距离发行还有三周，也就是说，实际工作时间只有两周左右，再去掉撰稿、排版的时间，采访的时间就只有一周。时间上根本就是无法想象的紧迫。

第一天是召集人马及突击补课，必须立即召集全部人马才行。当时能确定的正式员工只有 5 名，不过加上四处通过关系找来的自由撰稿人，总算是凑来十几人。同时，我还要恶补相关知识。我虽说是《月刊电视乐园》的主编，但实际上我接触的都是漫画，对于动画基本上是一窍不通。尾形先生介绍了一位可以称得上是资深动漫迷的女高中生给我当补习老师，帮我恶补相关知识。但实际上只有一天的补习时间，第二天就得开始定目录和杂志封面，第三天就要召集员工开编辑会议了。

至于以往的工作中什么时候做过什么事，我基本上都记不清了。唯独这份工作，每一天的工作内容我都记得清清楚楚。

○ 公私不分的"甩手掌柜"

不管怎么说，因为杂志的主旨就是"想出版一本高级的，给聪明孩子看的动漫杂志""因为我儿子非常喜爱《宇宙战舰大和号》"，想到这个，虽然忙得焦头烂额，但从某种意义上讲，我感觉心情还是很愉悦的。"原来是为了自己的孩子啊！原来公司的工作也可以公私不分地干啊。"

就结果而言，尾形先生的这些话也确实给了我启发。定价 580 日元，是为了切合"高级的杂志"这个理念。当时最贵的杂志都在 500 日元以下，所以这已经是非常出格的定价了。另外，作为杂志的编辑方针，我将采访负责画画的人和动画演出的人定为了核心内容之一，这也是源于"做给聪明的孩子看"这句话。并且采访不是为了听好听的场面话，而是要让对方说实话。

重新想想"你们决定就好，定价啊，开本啊，你们决定就行，内容也交给你们"这样的话，一般人即便说了全权交由我们决定，

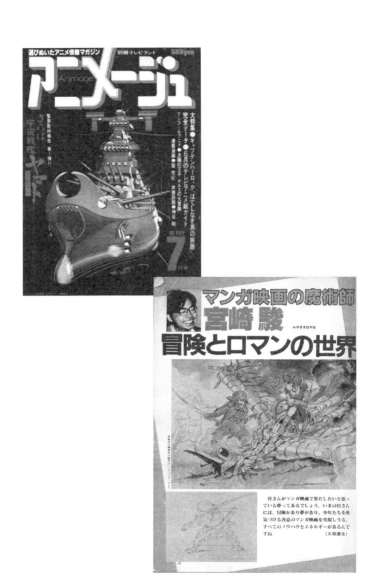

[上图] 只用了三周时间便出版发行的《Animage》创刊号的封面，上面用了深浅不一的黑色完成的奢华之作。

[下图] 最早给宫崎骏做了大特辑的《Animage》专题文章（1981）。插图为后来大获成功的《风之谷》的概念图。当初的设定是"以日本战国时代为背景的武打片"。

但还是很难做到什么都不管，怎么都会放心不下，时不时地过来看看我们的工作内容及进度。

但是，尾形先生真的说到做到了，在我们需要加班到深夜的时候，他也只是说一句"之后的工作拜托了"就准点下班回家了。

直到即将送印的终校稿出来前，他连一眼杂志内容都没看过。不，甚至终校稿都没有好好看，最后直接看了印好的样刊。恐怕再也找不到像他这样的"甩手掌柜"了吧。

顺便说一句，《Animage》创刊号第一版印了7万册，3天内便销售一空。

○ "始作俑者"的厉害之处

看了我前边的描述，想必你会觉得尾形先生是个言语上的巨人、行动中的矮子吧。然而并非如此（同前，出自《公私不分的人》）。

他确实是个常把"创意、创意"挂在嘴边，好奇心很强的人。也因此他常被人误会，但他的创意常常让人拍案称奇。他最大的功绩可能要数他说的"咱们把《风之谷》拍成电影吧"这句话了。正因为他是这样的人，所以从不考虑前因后果。当大家都觉得他说的不可行时，他就会用一句"那是你们缺乏想象力"带过，然后不停地催促"我们干吧""我们干吧""我们干吧"。而当我们真的脚踏实地干起来时，他的注意力却已经转移到别处，开始找其他人去讲其他的创意了，他就是这样的一个人。

当时我还不懂，现在已经明白了，他是离我最近的一个天才制作人样本。他就像是一切开端的那个"始作俑者"，而这也是制作人最关键的资质。

正因为他是个不喜做实务的人，我们才学到了很多东西，主要是"工作要公私不分"，这一点至关重要。另外，就是拜托别人的工作，要全部放手。

前面提到的《风之谷》当然就是后来大获好评的电影《风之谷》。此事之后再做详细说明。

我突然联想到一件我还在《朝日艺能》周刊工作时期的逸事。尾形先生总是根据自己的喜好来采用稿件。按惯例，特辑部分和企划部分的比例应该是7：3，但在他当主编的时期，这个比例就反过来了。他完全不顾杂志原本的风格定位，都按自己的喜好去制作，工作方式也常不按常理出牌，而且必定会创造出非同一般的结果。比如平井和正[1]，他可以说是被尾形先生追着说"快写、快写"而逼成小说家的人吧。记得有段时间，寺山修司的连载一直出现在我们的杂志上，那也是尾形先生的功劳。再如菅原文太、三国连太郎，这些意想不到的人都和他很熟。

○ 总之，他是个有意思的人

我还想再说说尾形先生的一些逸事，他真的有很多让人惊讶的事。

我在《Animage》工作时，有位跟我一起工作的重要同事叫龟

---

[1] 平井和正，日本著名小说家，著有《幻魔大陆》《Wolf Guy：狼的纹章》等。

山修，他也是我们将《风之谷》制作成电影时的伙伴。我想这事已经过了很长时间了，说说也无妨。记得他当时还没有头衔，我就请尾形先生好好考虑给他个合适的职位。尾形先生说自己也正考虑呢，"给他个什么名头好呢？通常应该是主任什么的吧！不好，要不让他当副主编吧"。一般来说，从主任开始，到课长，然后是次长，再上头是部长。"副主编"就相当于次长。一下就越级晋升到次长，在公司的结构上来说一般是行不通的，但是尾形先生非要和董事会提议，让龟山当次长。

会议结束，他很沮丧地回来了，告诉我说："提议被否决了。""什么被否决了？""董事会说不能让他当次长。"不是理所当然的吗？"只能让他当组长。"本来我跟他说的就是让龟山做主任，所以这个结果对我来说是意料之中的，但他自己放了话要把龟山升到次长，一门心思奔着这个目标去，当然会失败。尾形先生事后还向龟山郑重其事地道歉，让龟山也颇为尴尬。

你猜，他在那段时间都是怎么安排工作人员的座位的？竟然是按照他个人的喜好，把喜欢的人安排在近处，不喜欢的则安排得离他远远的，恐怕也只有他才能在公司里那么孩子气地行事吧。

他一直以这种方式做事，导致了各种各样的麻烦，但总的来说，他是个很有意思的人。

我想我再也不会遇到像他这样的人了吧。我在这篇文章的结尾这样写道："非常遗憾，我至今未能达到尾形先生那样的境界。"这是我的心声。无论如何，在这样的人手下工作，我的心胸都开阔了很多。

对我来说，为《Animage》工作不仅是难能可贵的工作经验，更是我人生的重大转折。

因为杂志的编辑方针之一便是采访负责画画的人和动画导演，而我正是因此遇到了高畑勋跟宫崎骏这两个人。

二

"既然认识了，就希望能够学到他们的素养"

——我与高畑勋及宫崎骏的相识

图为日版《太阳王子霍尔斯的大冒险》的分镜集（德间书店）的封面。插图是宫崎骏画的概念图。

也许是由于我最初在出版社工作，所以我应该属于编辑型制片人。编辑型制片人要干的事，就是让一个作者产出作品。这是最重要的工作。干好这项工作除了要看制片人与作者的缘分，制片人还要具有充当作品的第一位读者的姿态，这种姿态也是非常重要的。

　　那么当作品的第一位读者需要做什么准备呢？重点就是当作者来找你讨论时，你要善于附和回应。为了更好地回应作者，你就要清楚作者的创作背景乃至他的整个文化素养基础，并且你自己也要学习掌握同样的素养。

——《电影道乐》，2005 年

○ 他们用了一个半小时拒绝我

我是在制作《Animage》的创刊号忙得昏天暗地时认识高畑勋和宫崎骏这两个人的。从相识到《风之谷》制作完成的这段经历，我在很多场合都已谈论过了，但那毕竟是我的原点，所以我还是想从我们第一次打交道开始说起。

作为《Animage》的负责人，我需要在很短的时间里让这本杂志出版，时间非常紧张。杂志总页数要求是118页，当我在考虑如何把页数填满时，我想到，如果刊登以前的名作，总应该可以做满8页。当时我的动机确实非常不纯。

我向帮我补课的那位女高中生学习有关动漫的知识时，听她说《太阳王子霍尔斯的大冒险》（1968年放映，以下简称《太阳王子》）是非常棒的作品。于是我就给这部作品的导演高畑勋打了个电话，然后我就被深深地打击了。当时，没记错的话，高畑正在协助老宫制作《未来少年柯南》（1978年放映）。我打电话过去的时候，他们俩正在工作室里一起工作。我在电话里只简单地说了想见高畑一面，结果他就开始滔滔不绝地陈述不能同我见面的理由，而且竟然用了一个小时！当时我非常震惊。

他说的内容我现在已经想不起来了，大意是说这本大众读物杂志如果想借《宇宙战舰大和号》的热度发售，他实在无法配合，并且他对于自己这样的人是否应该在这种杂志上抛头露面，也存有疑义。总之就是诸如此类的话吧。我现在非常后悔没能记住他当时列举出来的各种理由。

总之，我对于他能用一个小时来列举拒绝别人的理由感到震惊不已。当我想着"这也没办法，只能放弃了"时，高畑又说道："我不能接受你的采访，但是，和我一同创作《太阳王子》的人现在就在我身边，叫宫崎骏，他可能有不同的意见。所以，如果你不介意，我让他来听电话吧。"他自己断然拒绝，却还能把旁边的人介绍给我，这与其说是让我感到亲切，不如说是令我再次感到震惊。

实际上，当时我还是第一次听说宫崎骏这个名字。宫崎骏，也就是老宫，接过电话直接说："我刚才已经听到大概意思了，我说下我的结论吧。"我只能回答"好"。"对于《太阳王子》，我有许多话要说。所以你要给我 16 页的版面。"本来我想拜托高畑的只是 8 页中的一部分评论而已，结果老宫竟然说非 16 页的版面不可，我心想我这是碰到什么人了啊！

后来我才知道，《太阳王子》是他们在东映动画公司从事劳动运动和工人运动时创作的作品，融入了他们太多的心血。这部动画不仅在日本长片动画作品中占有重要的地位，也是他们青春理想的载体。因此，老宫才会主张这部作品的创作访谈至少要 16 页的版面才行。我也是到后来才知道，老宫非常擅长估计具体数字，不过此时他只是随口说说而已。

最后的结果是，高畑用一个小时，老宫用半个小时，共计一个半小时。我累到筋疲力尽，最终只能放弃。实际上因为杂志的出版时间迫在眉睫，我也实在是没有时间和他们磨，只好礼貌地说："非常不好意思，因为版面有限，恐怕这次只能作罢了。"

但是，也因为这次的交手，我对他们的印象很深，附带着也对还没看过的《太阳王子》这部动画感起兴趣来。当时还没有录像带什么的，虽说电影院里有《名作欣赏》的栏目会不定期放些以前的名作，但是也不知道什么时候才会放到这一部。不过创刊号完成后不久，位于池袋的文艺电影通宵场就放映了《太阳王子》，于是我半夜跑去看，并且被深深地震撼了。

电影是以战争为背景的，但电影讲述的面对强大的恶势力誓死保卫村庄的故事明显把战争都比了下去。电影中饱含了那个时代的先进思想和主张。动画竟能做出这样的东西！我在深深感动的同时，也越发想会会这两位创作者。

○ 只是默默地坐在他身边

我第一次见老宫是在他刚开始制作《鲁邦三世：卡里奥斯特罗之城》（1979 年上映，以下简称《卡里奥斯特罗之城》）的时候。当时安排了《Animage》的同事龟山去采访老宫，但是他吃了闭门羹，转而向我求助，于是我便跟着一起去了。岂料对方见了我们，只说了一句"我不想接受采访"，就再也不肯开口了。我们没有别的办法，只能在旁边坐着等，可他又说："你们在旁边坐着太碍事了！"这么一来，我也杠上了，跟龟山一直坐着不动。可是他一直什么话都没说。

我们就这样一直坐着，看他工作到深夜 2 点。等他结束工作后，我们问他几点再来，他回答说"上午 9 点"。创作《卡里奥斯特罗之城》的 4 个月里，他每天都这样勤奋地工作着。

我心想，我也和他保持同样的作息好了。于是我们也每天深夜2 点回家，上午 9 点前往他们的工作室。在工作室的时候，我们只是安静地坐在一旁看着他工作。不记得过了多少天，大概是一周之后，他第一次让我们看他画的分镜，画的是电影里的追车场景。

他问我："这种场面有个专门的说法是叫什么来着？"因为龟山经常玩"竞轮"[1]，所以我马上回答："有个词叫'弯道超车'。""啊啊，原来如此。"说着，他把这个词写在了分镜表上，至今还留着（参见第 19 页插图）。借此机会，我们一下聊了起来，这就是我跟他的初遇。我对此印象非常深刻。即便到现在他还常说，当时他看到我就会心想："那个形迹可疑的家伙又来了。"但是，结果证明我们之间还挺投缘的。

○ **与高畑勋的首次见面**

有机会与高畑见面是在我与老宫见面一段时间后。当时高畑正在忙着制作新的长片动画电影，就是春木悦己的原作《小麻烦千惠(じゃりん子チエ)》（1981 年上映），我听说后就飞奔去找他。

从高圆寺步行 15 分钟，有个叫大和陆桥的地方，当时那里有一家叫 Telcom 的公司，也就是本次的制作场地。抽空接待我的是高畑在东映动画的同事大塚康生先生。他是个非常友善的人，他说："附

---

[1] 日本特有的场地自行车博彩运动，后发展为自行车凯林赛。

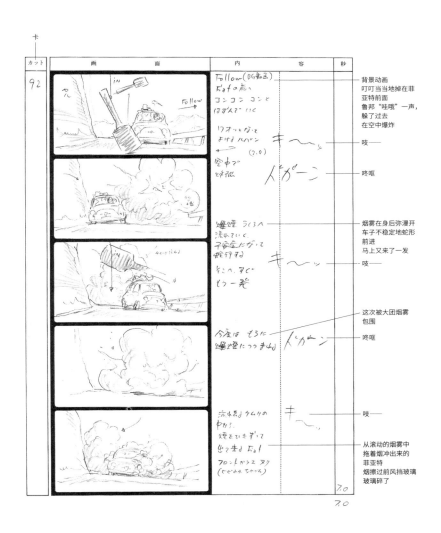

《鲁邦三世：卡里奥斯特罗之城》中的追车场面的分镜。能看到"弯道超车喽！"
的台词被写在第 93 卡旁边。

卡			
カット	画　　　　面	内　　　　容	秒

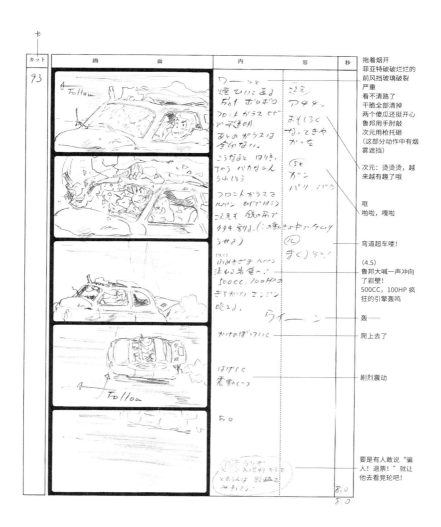

93

拖着烟开
菲亚特破破烂烂的
前风挡玻璃破裂
严重
看不清路了
干脆全部清掉
两个傻瓜还挺开心
鲁邦用手肘敲
次元用枪托砸
(这部分动作中有烟
雾遮挡)

次元: 烫烫烫, 越
来越有趣了哦

哐
啪啦, 嘎啦

弯道超车喽!

(4.5)
鲁邦大喊一声冲向
了岩壁!
500CC, 100HP 疯
狂的引擎轰鸣

轰——

爬上去了

剧烈震动

要是有人敢说"骗
人! 退票!"就让
他去看竞轮吧!

8.0

8.0

近有家茶馆，我们去那里聊比较好。"于是他就拉着高畑和我从工作室里往外走。但是我们出来后才发现那附近并没有茶馆，走了很久才找到一家茶馆，进去坐下，高畑劈头就问："你是不是打算问些'你觉得是原著的哪个地方吸引你，因此才想把它改编成动画'之类的无聊问题啊？"一副吵架的姿态。我记得我当时听了这话，血就往头上涌。

虽然当时是初次见面，但我们竟连续谈了3个多小时。当我发现时已经谈到了如何制作《小麻烦千惠》的内容上。当时我年轻气盛，问道："高畑勋先生制作了像《阿尔卑斯山的少女》（1974年上映）那样的名作，怎么会想到要做这部描写在大阪小旅馆街卖烤内脏的店主女儿的作品呢？难道您的作品没有固定的风格吗？"他听了，有点生气，说："我的作品当然有一贯坚持的风格，你从哪里看出没有了呢？"

当我们的谈话结束后，我记得高畑这么对我说："怎么样？能把刚才的谈话都归纳总结出来吗？行的话就写出来看看！"听了这话，我的斗志被激发了出来："当然，我会写好的！"之后，我努力把这次谈话归纳了出来。因为这次谈话，我被高畑的魅力深深吸引了，即使没事也每天都往他的工作室跑。

○　**不知不觉中参与了动画的制作**

从一见面开始，我们就已经聊起了这部电影内容上的话题。我完全不是对手，非常不甘心。于是，我决定熟读原著。当时的原著全部应该有八卷，我认真地看完，把原著里的台词都背下来了。然后我又想到，动画还是要靠画面啊，于是把动画里每一格中任务的布局也都记下来了。我觉得如果想跟这个人打交道，就必须做到这种程度，不然是赢不了他的。

当时剧本还没有完成，我是后来才知道，高畑经常会在剧本和分镜上卡住。我记得在原著里我最为感动的一个场景就是千惠与母亲的相遇，但是在高畑的剧本里却被略去了。于是我就找机会向高畑指出了这一点。我直言不讳地说，普通观众最想看的就是这里，所以应该表现出来。但高畑并不认同，他说了个很不可思议的理由："如果原作者春木悦已先生不是因为身体而精神不好，他根本不会写这段情节。"我当时只是想：你可真敢说啊。但是后来，这句话给了我很大启示，我也对不少人这么说过。

总之，不知从何时起，我们就超越了采访者与导演的关系，我也渐渐参与到了电影的制作中。由于他每天都跟我这样聊天，影片的制作速度自然就放慢了，因为导演经常不在工作室里。当时的制片人知道了这情况后非常生气："你不要老是来打扰高畑，工作都被耽误了。"

但是影片完成后，他们还邀请我参加了庆功宴。在庆功宴上，高畑深深地向我鞠了一躬，让我大吃一惊。他说："和你的谈话内容对作品本身的创作起了很大的作用，是你帮助我决定了作品的方向，因此我要感谢你。"我听了非常高兴。后来回想起来，这可以说是我迈向制片人的第一步。

○ 想要共享他们的专业素养

与高畑、宫崎二人的相遇令我印象深刻，因此我也非常想继续同他们交往。为此，我无论如何都想具备他们所在领域的专业素养，只有那样才能更好地和他们交流沟通。

我运用自己作为编辑记者的经验，先把他们俩说的话像采访笔记那样全部记下来。我认为只有这样才是更快了解他们的捷径。同时，说话的语气和方式也非常重要，所以我连他们使用的词汇也都原原本本地记了下来。这真不是件轻松的活儿。老宫说话语速特别快，而高畑则是一说就能说好久。为此，我每天都要花 3 个小时的时间做笔记。

每天分别后，我都会跑进茶馆，把笔记再归纳总结一遍。遇到遗漏或是语意不明的地方，我就会拼命地回想，力求把笔记补全。等回到家，再次把笔记整理抄写一遍。每天都要重复三次左右。

当时，我几乎每天都会和他们见面，也一直坚持记笔记。为此，我每天的睡眠时间都非常短。但那时我才三十出头，精力旺盛，加上我一直认为，如果不那么做，跟他们连 5 分钟都聊不下去。即便是到了一起制作动画的阶段，我也依然坚持做笔记，直到 20 世纪 80 年代末期。不过到了那会儿，再怎么说，我也不会认真到抄第三遍了。

那时他们经常会问我："你读过这本书吗？"虽说我做过编辑，因为工作关系读了好多书，平时也喜欢读书，但他们俩读的书都是不怎么大众化的书籍。如果不读这些书，我就没法与他们找到共同的话题。

高畑经常引用的话出自安德烈·巴赞的《电影是什么？》，由美术出版社出版，四卷一套，带盒简装版。另外，还有一本叫作《如何欣赏电影的内容》，作者是唐纳德·里奇。在读这本书之前，我根本无法欣赏斯坦利·库布里克那部《巴里·林登》的有趣之处。书上说，很多看过这部电影的人会觉得里面的演技非常差，这是因为它在刻意模仿纪录片的效果。我读了这个点评后，原先对这部电影的偏见也没有了，现在它是我最喜爱的电影之一。而这本书也快被我翻烂了，后来，还以吉卜力的名义再版发行了此书。

记得有段时间，老宫经常提起由岩波新书出版的中尾佐助的《栽培植物与农耕的起源》。当他问我读没读过这本书时，我回答没有，他脱口就说："真是无知啊！"后来，这本书成了《幽灵公主》的灵感来源。说起来，高畑还推荐过岩波新书"少年系列"中茨木典子的《读诗的灵魂》。总之，我努力阅读他们读过的书，且不管能否看得懂，先读了再说。然后，一有机会，我就和他们探讨不懂的地方，讨论完再回去重读，如此反复。

○ 恰当地回应附和对方

我经常会提及"恰当地回应附和对方"在谈话中的重要性，我猜就是我在这个时期与他们相处的经历有关。素养的共享程度决定了回应的恰当程度。

有的人总是以"哦！原来如此！"回应别人，但我认为这样并不好。如果事前充分了解对方的事情，就不会这样回应别人。另外，也有人不懂装懂，我认为这是一种怯懦。"不懂就问"，这是我对吉卜力的新职员常说的话。

提起附和别人的方法，也许有人觉得这很迂腐，但我不这样认为。我现在在东京大学研究生院的情报理工学系里作为特邀教授讲课（咨询创造科学产学合作教育项目，2004—2009），我的讲义里就有一节叫《附和的方法》。因为是研究生院，听课的大概有30人，大家看到这个题目都是一副茫然的表情。

对了，我想补充一点，这里所说的"素养"可不单指读书。比如高畑、宫崎二人，他们把 NHK 播放的《丝路》第一期的每个细节都记得清清楚楚。当他们问起："铃木先生，你觉得这个节目如何啊？"我就没法做出很好的回应。因为我当时还没有看过这个节目，但过后我肯定会找来仔细地观看。

总之，我觉得，自己不懂的东西就不该随便附和，附和需要的是素养，是扎实的基础，是数据支撑。

现在反思，我之所以认为恰当地附和回应对方非常重要，应该是源自我琢磨如何与高畑、宫崎二人交往的时候吧。

三

"最重要的是成为导演的伙伴"

——由《风之谷》发端的吉卜力工作室

前略。

自从《风之谷》开始，我同时做着《Animage》的编辑和动画电影制作两份工作。现在我决定接受前辈的建议，专心制作动漫电影。

每个人都会有各种各样的烦恼。站在这个人生转折点上，我突然想起了高中时代常哼唱的歌曲：

　　　　没有金钱？跟我来吧！

　　　　我也没钱，不过不必担心，

　　　　你看，蓝天，白云，

　　　　一切总会好起来的！

从现在开始，我将在吉卜力工作室努力工作。请多指教！

1989 年 9 月 30 日

铃木敏夫

1989 年，我从德间书店辞职，开始专心从事吉卜力工作室的工作。寒暄信里的"一切总会好起来的！"这句话我现在还会常常想起。

···· ····

　　宫崎骏真是个工作勤奋的人。对他而言，我就像是"大树懒的后代"。的确是靠很多朋友一起帮忙，才掰开了我紧紧抱住树干的三根手指，但老宫依然是这些人当中最特别的一个。首先，是因为他总能勤奋地工作及绝不吝惜贡献出他的才华。其次，是由此带来的紧张感与压力。他总是毫不留情地怒斥我的懒惰、时时刻刻站在背后盯着我、逼着我工作、从我贫瘠的才能中压榨出力所不能及的东西，这个人就是宫崎骏。总之，如果不是年轻时每日耳濡目染他极具献身精神的工作风格，我的事业一定会在半途而废的妥协中告终。

　　　　　　　　　　　　　　——高畑勋《爱的火花》，1996 年

···· ····

027

○ 被否决的企划案造就了《风之谷》

自从我与高畑、宫崎二人认识以后，《Animage》也走上了正轨。人啊，有了欲望，就开始想做各种各样的东西。德间书店的社长德间康快当时想把公司的经营板块扩展到影像、音乐、印刷品等多个媒体领域，所以在公司宣布只要有企划案都可以直接找他提。

我第一次提出企划案是在 1981 年。关于这个故事的详情，我已经写进《电影道乐》（2005 年）里了，我在此引用一下：

> 我认为动画应该也属于电影的一种形式，于是我找宫崎骏商量制作了一份企划案提交了上去。
>
> 最开始放进企划案的是部武打片，我临时起了个名字，叫《战国魔城》。老宫在创作阶段融入了许多概念，不过整体来说，就是想做个岩见重太郎击退狒狒、衣藤太打败蜈蚣那样的故事。这不单是因为过去的传说故事有趣，还因为战胜巨大的怪物是日本的一种传统文化。就像名字里"魔城"二字所预示的，构想中也有一座城，整体氛围则比《幽灵公主》更朴素，这有点像是以它为原型的企划。

最后，这个企划案没能被通过。没通过的理由很牵强，竟然是因为"没有原著"！德间集团旗下的大映电影公司的人也参加了会议，他们说："将没有原著的作品直接搬上大银幕是中不了大奖的。"我把情况转告给老宫后，他的反应很棒："要原作，我就给他们画一个。"于是《风之谷》就开始在《Animage》上连载了（1982 年 2 月号开始连载）。

在开始连载前，还发生了一个让我觉得"也就只有老宫干得出来"的小插曲。那就是关于绘画方式的选择。之前已经决定了用一个宏大的故事做内容，但是否要体现在画面上还没有想好。有一天，老宫给我打来电话："你快过来。"我赶过去一看，他已经把故事的前几页内容分别用三种形式画了出来。其中一种是画风细密的，另一种则是线条简单、阴影也很少的画风，用老宫的话就是"松本零士[1]的画风"，还有一种则介于前两种风格之间。"铃木，这三种风格选哪种好呢？"这真是个难以抉择的问题啊。

根据老宫的说法，"画风细密的创作效率很低，一天大概只能画一幅，而线条简单的则一天能画 24 页左右"。然后他问我："选哪种呢？"想让我做这种判断，就跟让我拿秤来称出两边孰轻孰重一样。我正因此而烦恼，他还在一旁催促："铃木，选哪个呢？"虽然我心里想着可能会影响连载的速度，但我还是不由自主地选了画风最细密的那幅，因为它独特的笔触和细密的画风有着深深吸引我的魅力。事实上，这部漫画发表后，很多读者都表示，不仅被作品中的世界观所征服，而且画面的冲击也极大。

○ "电影化的条件只有一个"

虽然《风之谷》漫画以这样的契机开始了连载，但老宫对待此事相当认真。明明是他自己说要给电影画出原作的，结果却又为此

---

[1] 松本零士：漫画家。代表作有《宇宙战舰大和号》《银河铁道 999》等。

烦恼。他跟我说："铃木，为了电影企划而画漫画，是对漫画创作的不尊重。带着这种动机画出的漫画是不合格的，也不会有人看。我要把它当作一部真正的漫画来做。"老宫一直都是这样，在有多种选择的情况下，他最后总会非常认真地做决断。

不过我们其他人还是想拍电影，共事的人也都是这么想的。尾形先生想到一个主意："我们制作一部5分钟左右的预告片吧。"但一如既往地，到底如何做、用什么方式给别人看，尾形先生想都没想。可是编辑部的人却很喜欢这个主意，开始全心投入制作动画的思考中，这种氛围也正是尾形先生制造出来的。当时，也是尾形先生提案，德间书店主办了"动画格兰披治大奖赛（Animage大奖）"，大家就想利用这个机会放映。于是尾形先生便去拜托老宫。

"5分钟根本播不了什么啊！"

"只让观众看到其中一些画面就可以了。"

"那也必须画很多东西才行啊。"

"那10分钟左右的短片如何？"

尾形先生突然就把时间加了一倍。而当时所有人都不知道这件事的复杂性，所以就顺水推舟做下去了，不过，那之后很快就出来了很多方案，我们最终决定把制作方向定位在长片动画上。

老宫属于那种经常打压士气的人，所以一开始他并没有被大家的昂扬斗志带动起来，不过后来他也渐渐地投入了进去。到了终于决定将作品电影化的时刻，老宫突然提出一个条件，那就是制片人非高畑勋莫属。

当时我也没多考虑，想当然地认为他们俩是一直合作的工作伙伴，所以老宫创作新电影希望与高畑合作也是很自然的事。创作电影确实会有这方面的问题。如果与熟悉亲密的工作伙伴一起拍片，就可以省去很多不必要的麻烦，也更容易营造出工作氛围，创作出好作品。接下来就要做《风之谷》了，老宫面对这么多问题，最焦虑的应该就是不能跟亲密的伙伴一起工作。而高畑如此强大，有他在身边，情况就完全不同了。"应该就是这么回事吧。"我单纯地理解完，便去请高畑就职。

然而，这并非一件简单的事。

○ 高畑和宫崎的目标

高畑和宫崎二人的关系可以追溯到他们在东映动画工作时期。高畑在 1959 年进入东映动画公司，老宫则是 1963 年最后一个进入公司的合同聘用人员。曾有一个时期，高畑担任副委员长，老宫担任书记长，两人搭档工作。也就是在这个时期，他们制作了《太阳王子》。

后来他们俩都辞职了，但依然很有缘，之后又在另一家公司里一起工作。有一个时期，老宫曾在高畑的手下从事电视动画的工作。那个时期的作品有《阿尔卑斯山的少女》《三千里寻母记（母をたずねて三千里）》《红发少女安妮（赤毛のアン）》。

在那段时间，老宫主要负责的工作是构图（layout）。如果类比真实电影的拍摄，他就相当于摄像。换言之，就是设计画面和绘图。

图片当然都是平面的。高畑和宫崎一直在努力实现的其中一项工作，就是研究如何用平面图表现人物远近运动的场景。他们研究并尝试了很多种方式表现人物从近处走向远方以及从远处走到眼前的运动画面。

这是非常复杂的手法，我们看看迪士尼早期发行的动画就清楚了。角色在画面中移动的时候不是从左到右就是从右到左，仅此而已，根本看不到人物由远及近或由近及远的画面。从构图上来说，要用平面图表现真实的移动非常困难，但高畑无论如何就是想做迪士尼做不到的事。于是他和老宫不断尝试，向动漫界的最尖端手法挑战。

后来，他们的创作手法也吸引了迪士尼的目光，并被迪士尼学习运用到了动画里。对此我曾经发表了一些看法（《〈千与千寻〉战胜了迪士尼》，2002 年）：

> 1990 年前后，以杰弗瑞·卡森伯格为中心，《美女与野兽》《小美人鱼》《阿拉丁》等迪士尼电影都非常有趣。一方面是因为电影迎合了那一时期观众的审美；另一方面则是因为从这一时期开始，迪士尼电影学习了宫崎骏动画的创作手法。原先要想在动画世界里用纵向的画面，就是人物从画面的远处走到眼前，表现人物的移动是很困难的。迪士尼也深知这一点，因此，迪士尼之前的动画都是横向运动的，而敢于挑战纵向画面创作手法的是高畑勋和宫崎骏。迪士尼在研究了他们的创作手法后，才开始在电影里大量运用这种手法。当你仔细看《钟楼怪人》

时，你会看到很多场景让你产生自己是在看《卡里奥斯特罗之城》的错觉。

老宫真是个敬业的动画人，他到现在还常认真地说："我真的不适合当导演。"每次听到这话我都会心想，我也不适合当制片人吧。总之，就是因为有这样的历史，所以他才提出了"制片人非高畑莫属"的条件。

○ 制片人高畑勋的能力

虽说第一次通电话时我就见识到了高畑拒绝人的功力，但这次我又切身体会了一次。我劝说了他两周，他怎么都不肯点头，只给我看了他的大笔记本。他很喜欢在大笔记本上做记录。那时没有现在这些文字处理软件，写错了只能在上边涂改，但他就是喜欢把查的资料都统统记在上面。比如关于自己认识的制片人的情况，日本有哪些类型的制片人，美国的制片人有何特点，欧洲的制片人又有何不同等，而且不只涉及电影制片人，还包括了话剧制片人。

他把笔记本递给我说："铃木，你看看，就这一本。"我匆匆翻看，只见笔记本的最后一页上写着："综上所述，可见我不适合当制片人。"已经劝说他两周了，我也终于受不了了。

回来后我把情况告诉了老宫，问道："制片人真的非高畑莫属吗？"他听了之后，沉默了半晌，终于开口说："铃木，你能陪我去喝杯酒吗？"我向来不喝酒，老宫是知道的，而且他也是几乎不去酒馆的人。但他都说了，我只好默默地陪他去。

到了酒馆，老宫一杯接一杯地喝着日本酒，把我看傻了。我从来没见过这个样子的宫崎骏。后来他大概是喝醉了，就哭了起来，眼泪止不住地往下流。我非常为难，不知该对他说什么，只能沉默地陪着他喝。突然他开口说话了："我把我的全部青春都奉献给了高畑，却什么都没有得到。"我听了大吃一惊，半句话都说不出，也没往下问。我心想，原来他是这样想的啊。

喝完酒，我直接就去了高畑那里："高畑，还是请您来当制片人吧。""不要，我都说过了，我不适合当制片人。"我不自觉地提高了声音："是宫崎请您当制片人的！他说制片人非您莫属。朋友这么为难，您难道不能助朋友一臂之力吗？"这大概是我唯一一次用那么大的声音对高畑说话。高畑听了这话，说道："对不起，我明白了。"他终于答应了当电影的制片人。

不过话说回来，高畑真正接手了以后可谓是大显身手。导演转制片人，其实是一件非常辛苦的事情，因为要站在完全相反的立场上思考问题。我也正是在这个时候，见识了高畑作为制作人的杰出能力。

从一上来确定工作地点和团队成员的指示开始，一切都以不给老宫增加负担为前提来考虑和执行。单说做预算的方法这一项，就非常合理且实际，令我敬佩不已。他将所有人的工作全部数值化，精确到定好单价，比如原画一卡多少钱等。然后用累计的方式计算，按部门指定好基准额度。这种非常简单易懂的方法，令我受益匪浅。

在我看来最好的一点是，高畑并非专业的制片人，所有事情对他来说都是第一次经历。他是那种对待所有事物都回到原点、原则上考虑的人，所以并不会采用一直以来的常识或是大家一贯的做法。他一边思考一边学习，所说的话都非常具体，连外行人都能轻松理解。这也让我受益匪浅。甚至可以说，我就是从高畑身上初步学到了电影制作的知识。

后来，我问高畑："身为制片人，最重要的是什么？"他的回答简单明了："非常简单，那就是要成为导演的伙伴。"总的来说，导演是一种孤独的职业。尽管在他麾下有很多工作人员，他却进行着一场孤独的战斗。因为各种各样的压力会扑面而来，所以制片人首先就必须站在创作者这边，就是这么回事。他的这种说法令我心悦诚服。

○ "来不及也没办法"

说到《风之谷》，有两件事让我印象最为深刻。

一件发生在制作接近尾声的时候。毫无悬念，制作时间在不停地流逝，电影却丝毫不见要完成的意思，就连老宫也开始着急了。其实老宫是个想尽办法都要严守完成时间的人，因此他把高畑和我，还有主要相关人员都召集在一起开会。他说："这样下去电影可要完不成了。"

负责管控进度的是制片人高畑。老宫说，想听听制片人的意见。当时高畑不慌不忙地说的话，我到现在都记得很清楚。你们猜他说了什么？

"来不及也没办法。"高畑这个人，越是这种时候讲话越直接，而且声音还很大。人啊，真是有意思，这种时候谁都不吭声了，都低着头沉默。我也同样无所适从，终究还是跟大家一样低下了头。

沉默了好一会儿，老宫说道："既然制片人都这么说了，那我们再开会也无济于事了。"那之后，老宫拼命熬夜工作，最后终于把电影完成了。

虽然我讲了很多高畑身为知名制片人的风采，但是最后的最后，他还是站在了导演的立场上。"来不及也没办法"，导演高畑勋的这句话，日后不知让我哭了多少次。

身为导演的高畑，对于这种电影制作上的时间限制，即便不能说视若无睹，也是相当不以为意的。制作《阿尔卑斯山的少女》时有过这样的事，那时候因为每周都要播放一集，所以必须提前做好备用的片子。这个制度本来是有利于带动大家工作劲头的，可是他却以"反正下周才播"之类的理由，拖到最后关头都没有决定片头用什么图。这张图是由老宫负责画的，虽然他也催着说"'吧唧'[1]，快点决定啊"，可高畑就是一直拖着。这个过程中，高畑还抓着制片人理论起来。我无意中听了一耳朵，他正在说："为什么非要每周播一集呢？"这场辩论经过了一个小时、两个小时、三个小时，依然没有结束。其他工作人员需要导演的指示才能动手，也就只能干等着。

---

[1] 因为高畑勋吃饭时吧唧嘴，而且声音很大，所以被宫崎骏起了这个外号。

后来据说，老宫在万般无奈之下，没跟高畑商量，就自己决定了片头。这段故事我大概听老宫念叨过一百万次了。(笑)

据说从高畑的处女作《太阳王子》开始，他就是这种不紧不慢的样子。倒是老宫为进度操心不已。"吧唧，没问题吧？赶得及上映吧？"高畑淡定地说："没关系，咱们手上有'人质'啊！""什么人质？""就是电影胶片啊！"

○ **改换最后一幕**

另一件事是关于影片的最后一幕。面对王虫的大举进攻，娜乌西卡从天而降。一开始，老宫打算在这里结束。如果真的这样结束，那电影又会是什么感觉呢？不觉得少了一些精神上的升华吗？每次到这种时候，我就觉得老宫这个人欠缺一些服务精神。

看了最后一幕的分镜，我总觉得"这样就行了吗"，并且高畑似乎也有这种感觉。我们两人来到一家咖啡厅，聊起了"这样的结尾究竟如何"的话题。高畑问："铃木，你怎么看？"我说："作为结局，有点无聊啊。真的没问题吗？"而高畑的疑虑概括来说就是：这终归是一部娱乐电影，娱乐电影用这样的结尾似乎不太合适。高畑不是非常善于分析原因嘛，一说起来就会没完没了，并且话题也越扯越远，结果这样也不行、那样也不行，聊了大概 8 个小时吧。

而且因为他说："铃木，你也帮帮忙啊。"于是我们两个人绞尽脑汁想出了三个结尾方案。方案 A 是保持老宫的想法不变。王虫进攻的时候，娜乌西卡降落在它们前面。方案 B 是高畑提出来的：王

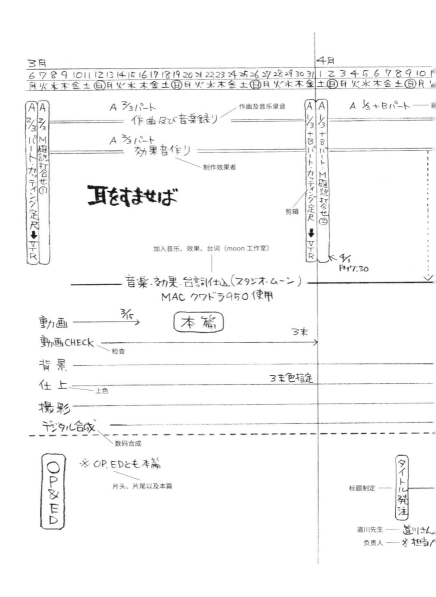

图为《心之谷》的手写进程表。如此复杂烦琐的动画电影制作流程，制片人也必须
了如指掌。

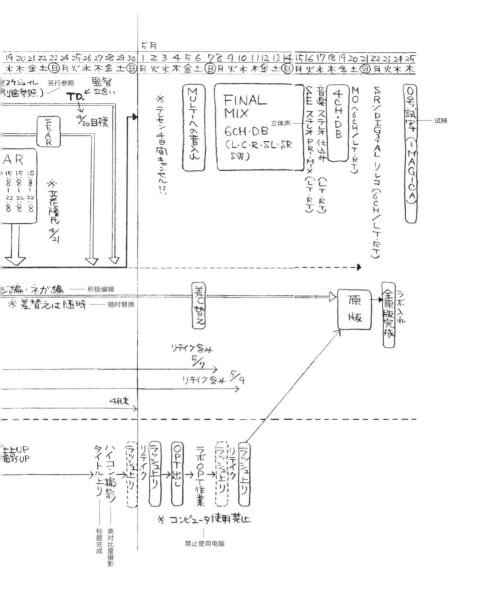

虫冲过来，娜乌西卡被吹飞出去，最后成为永远的传说。方案C是娜乌西卡死了一次，然后又复活了。

"铃木，这三个方案，你觉得哪个好呢？"

"应该是死后复生的最好吧。"

"那我们去说服老宫吧。"

于是我俩一起去找老宫。这种时候高畑可狡猾了，什么话都让我来说。为什么呢？当然是因为他不想负责任喽（笑）。决定是他做的，如果老宫照办了，但是日后又后悔了，不就成他的责任了嘛。他就是因为不想这样，才让我去说的。我当然看透了这一点，可也没办法，只能背起说客这口锅。

"老宫啊，关于最后一幕，如果娜乌西卡落下来电影就结束了，观众会不会看不太明白呢？不如让她砰的一下被撞飞，然后就在大家猜测她是不是死了的时候，她再次复活，你觉得怎么样？"

当时电影就要上映了，老宫也很焦虑，他听了我的话说道："好，我明白了，就用你说的那个结尾吧。"于是，影片就成了现在这个样子。为影片的结局所感动的观众，非常抱歉，这就是影片的幕后真实故事。

这一幕后来引起了很大争议。有人说这完全违背了原著。当然也有其他各种各样的讨论。老宫这个人又非常认真，所以他很为此烦恼。当他一脸严肃地来问我："铃木，真的是那个结局比较好吗？"这个时候，我的心里也是七上八下的。而老宫一直到现在还为此事耿耿于怀。

说到此，我又想起另外一件事，是关于作家堀田善卫[1]的。当时，我们请了堀田先生给《天空之城》的官方资料集撰稿，作为参考，让他看了《风之谷》的录像。他看得非常起劲，让我感觉很开心，可是最后娜乌西卡被王虫撞飞的时候，他一边说着"嗯，真有意思啊"，一边就打算起身走人了。我们赶紧对他说："还没有结束，后边还有情节。"看完后他说道："原来她最后复活了啊！"我到现在还记得这件事。

最终，《风之谷》于1984年3月在影院公映（东映动画），观影人数达到了91.5万人。

○ 高畑勋的一句话

《风之谷》上映后发生了一件事，导火索是高畑的一句话。电影上映后，德间书店出版了7部相关书籍，其中一本是《浪漫纪念 EXTRA- 风之谷》。里面刊登了一段我对制片人高畑的采访，他在这段采访中就"电影为什么会成功"的问题进行了如下分析：

> 我不知道老宫意识到没有，我想他应该还完全没有意识到，这部电影中有一些地方与最近非常火爆的电影在倾向性上不谋而合……
>
> 最近，大家渐渐都开始以"宗教"和"哲学"为作品基调，即使是描写"爱"或"友情"，也被认为是在反映宗教或哲学方

---

[1] 堀田善卫：日本小说家。代表作有《内口》《彷徨的犹太人》等。

面的意义。而《风之谷》也确实有这种要素。

另外，从观众的角度出发，"想看从来没见过的东西"这种欲望越来越强烈。从这点来看，《风之谷》所展现出来的不仅是一个异世界，还有观众想都没想过的东西。没有比这些内容更丰富的电影了吧。

而这部电影又以极具说服力和细腻的画面展现在大家眼前，节奏上更是令人目不暇接。满足了以上这些条件，说得夸张点，如果这样的电影都不火，还有什么电影能火啊！我都忍不住想这么说了。

后来，高畑示意我向他提问："作为制片人、作为朋友，你如何评价这部电影？"他这样回答："身为制片人，我给 100 分；身为朋友，我给 30 分。"高畑认为，老宫确实成功做出了一部电影（所以"身为制片人给 100 分"），但是"以未来影射现今"这方面是不充分的，"因为老宫不仅是单纯的编导，还是一位作家"。高畑是怀着对老宫发展的期待，认定他将向着新的地平线进发，才有如此辛辣的点评。

其实，我也觉得这个时候没必要讲这些，果然，老宫看了后勃然大怒："你这做的什么烂书！"还当着我的面把书撕了。我感到了很大的压力，老宫不可能对高畑发火，只能把火都发到做这本书的我身上。我当然也明白这一点，所以默默地看着他继续发脾气，但突然没头没尾地冒出了一句："电影卖座让你这么高兴吗？"老宫听了大吃一惊，突然收起怒气，问："铃木，你是这么想的吗？"

其实，我非常确信《风之谷》获得了极高的评价，但也正因如此，我才觉得光是一味褒奖并不是件好事，所以怀揣了一些希望老宫今后也能不断创作、不要就此满足的念头。因此才不由自主地说了那样的话。

不过老实说，这种冲突后来也有过，也担心过我们的关系就要到此为止了，好在每次都能和好如初，但这还是头一次。

○ **吉卜力工作室的成立**

《风之谷》上映的第二年，也就是 1985 年 6 月，我们开始筹划成立吉卜力工作室，原因是找不到制作高畑和宫崎动画的基地。"制作的作品当然是好作品，但制作的过程也非同小可"，这已经成了广为人知的事情。实际上，制作《风之谷》的 TOPCRAFT 公司在那之后也倒闭了。所以，尽管《风之谷》在票房上成功了，但是没有人愿意接手后面的作品。到了这种地步，除了自己创办公司已经别无他法了。当然，作为一个普通的上班族，我并不知道如何创办一家公司。我咨询了当时的公司总务部长，他说："想办公司就自己去查吧。"过了不久，他又把我叫过去，说是社长决定把一家停业的公司给我们用。但是这家公司欠了很多债，真是被硬塞了一个麻烦。（笑）

公司成立之初，我东奔西走忙得不可开交。当时我还在杂志社上班，同时又要忙吉卜力的事，但是吉卜力这边连正式的任命书都没给过我。因为这样不可思议的立场，万般无奈之下，我只好自己随便印了名片。

说起来，成立公司之际，德间书店的社长德间康快曾大发雷霆。日本第一部长片动画影片是由东映动画制作的《白蛇传》（1958 年上映），那个时期的东映动画社长大川博先生有个宏愿："我要建成东方的迪士尼。"他计划之后的 10 年里每年制作一部长片动画影片。我想起来这个，便对德间社长说："希望不要以一部影片的成败论英雄，要放眼于 10 年之后。"

德间社长当场大怒："笨蛋！只要有一部作品不行就完了。"当时我还年轻，心想："真正称得上经营者的人，不就是要伴随着失败前行的吗？"因此相当不服气。但其实是我没有明白要更加专注做好眼前工作的道理。一部作品失败了，真的还有心气做第二部、第三部吗？德间社长说得并没有错。

○ "吉卜力"这个名字

"吉卜力"这个名字是老宫起的。这个名字的含义，我在《吉卜力工作室十年史》（1995 年）中写道：

> "吉卜力"是指撒哈拉沙漠上吹过的热风。第二次世界大战中意大利军用侦察机曾以此命名，于是飞机迷宫崎骏便用它给工作室命名，象征着吉卜力工作室将"在日本动画界刮起旋风"。像吉卜力这样以制作剧场版的长片动画，并且只做原创动画为工作原则的工作室，不要说在日本的动画界，即便是在世界范围内也是很少见的。究其原因，用于影院放映的作品在票房上没有保障，风险实在太大，仅凭这点，就应该选择将能够有后

续收入的电视动画系列作为工作的核心，这也是业界常识。

　　但"吉卜力"是弄错发音的结果。撒哈拉沙漠上刮的 GHIBLI 是意大利语，因此不应该读"吉卜力"，而是"奇卜力"，到了现在也没法再做更改了。

以吉卜力工作室署名的第一部作品是 1986 年的《天空之城》，观影人数达到 77.5 万人，接下来是 1988 年的《龙猫》和《萤火虫之墓（火垂るの墓）》及 1989 年的《魔女宅急便》。《魔女宅急便》的观影人数达到了 264 万人，获得了极大成功。也是从那年起，我成了吉卜力的专职人员（第二年向德间书店递交了辞呈），而我以制片人的身份最早投拍的作品，是 1991 年的《岁月的童话（おもひでぽろぽろ）》。

四

"方圆三米以内到处是故事题材"

—— 宫崎骏的电影创作方法

图为 2001 年《千与千寻》上映的新年贺卡（上映是在 7 月），先不决定结局地去创
作是宫崎骏的创作方法，来不来得及都无法事先预测。

·•••　•••·

　　他没法信任边查资料边作画的人。

　　因为他认为，既然以绘画为职业，就要用好奇心观察身边的日常生活，这样的积累比任何资料都重要。

　　制作《哈尔的移动城堡》期间，先是做出一个开头，再一个个制作中间环节，逻辑线是之后串起来的。不仅如此，竟然连城堡内部的布局都没有考虑。到了后来想起"里面要怎么办呀？"可是伤透了脑筋。（笑）

　　结果就是城堡从外边看起来很宏伟，但里边只有两层。

　　——铃木敏夫与山田洋次对谈《两个热爱电影的人的电影制作建议》，
2004 年

　　·•••　•••·

○ 灵感来自细节

制作电影时，宫崎骏的想象始于极其细微的地方，如：人物要穿什么衣服？梳什么样的头发？吃什么食物？住在什么样的房子里？灵感都是从这些细节里丰满起来的。

我写过一篇文章，叫作《漫画电影与动画电影》（2004 年），我总会理所当然地最先想到老宫制作电影时的手法。

将一个人的想法交由众人来创造，我认为，这就是日本长片动画电影的最大特征，而且还是具体到了各种细枝末节。或者说，创作就是从这些细枝末节开始的。比如，在作品主线不完整的时候，在脚本还没有完成的时候，就先钻研主人公的服装款式、女主角的发型和他们居住的那个世界的世界观。并且这些与脚本也会相互影响。甚至，连作品的主题都是在制作过程中发掘出来的。所以在日本，就算通过其他途径定制了剧本——比如外包给专业编剧，基本上也起不了什么作用。

老宫经常会突然问我："铃木，这次的女主角要怎么办呢？"每当这个时候，他其实是想问我，女主角到底该梳什么样的发型，是梳小辫还是剪娃娃头，或者是留长发呢？连故事情节都还不知道就要帮女主角选择发型，真是令人伤脑筋。但是，对于老宫来说，这的确是非常重要的事，他甚至会为此陷入沉思。到后来，我才发现，原来女主角的发型在故事里被赋予了深层的含义。

○ 源自记忆的原创建筑模型

在进行这种创作的时候，老宫不去查阅任何资料，这已经成了他的风格。他会将此前已经吸收的知识和信息加以整理，仅凭记忆创造独特的建筑。比如《幽灵公主》中的炼铁场、《千与千寻》中的澡堂、《哈尔的移动城堡》中的城堡等，这些建筑的新颖设计都广受好评。但其实这些建筑都是源自老宫记忆的原创。对于他来说，重要的不是记录而是记忆。我记得有一段往事，大概是20年前（1988年）的事了。我和老宫一行几个人一起去爱尔兰的阿兰岛。阿兰岛位于爱尔兰的最西边，是阿兰编织的发祥地，这里的人口只有800左右，因而没有任何公共交通设施。那是发生在某天晚上的事，我们一行人去了酒吧，在回来的路上，走着走着，视野里出现了我们居住的民宿。虽然当时已经是夜里10点了，但在6月的爱尔兰，天空依然很亮。那栋我们原本认为没有什么特别之处的房子，此刻看着却散发出异样的光彩。连我这种不常用相机拍照的人都不由自主地拿了出来，为这栋美丽的房子拍了张照片。谁知道，我刚拍了一张照片，老宫就很生气地对我说："铃木，照相机的快门声太吵了！"只见他非常认真地端详着那栋房子，真的是屏息静气地在端详着。于是，我也放下相机只是安静地欣赏。就在此刻，一群乌鸦突然飞了出来，使得氛围更加神秘。那简直是无法用语言去形容的一刻啊，一旁的老宫始终安静地欣赏着这一切。

回到日本后又过了一段时间，赶上制作《魔女宅急便》。在这部电影里，需要给一户人家送去跟黑猫吉吉一模一样的布偶，那家的房子就是他画的。画了个大概之后，他少见地拿来给我看，说："铃木，你还记得这个吗？"

"啊，这不就是阿兰岛上的那家民宿吗？"

"就是它啊。不过我有些细节记不大清楚了，"他说道，"铃木，我记得你当时给这房子拍了照片吧？"然后，他拿着我拍的照片，认真比对着，嘴里喃喃道，"原来如此啊！"

他绝不是随便看看而已，而是非常认真仔细地去比对，调动所有感官，动用了此前积累的所有知识与信息去捕捉。外国的建筑尤其如此，比如从屋檐的形状可以看出是哪个世纪建成的，每个世纪都有自己的特点。老宫学习了很多这方面的知识，然后以此为基础，认真记住那些建筑的屋顶样式、房子内的布局、窗户的样式等，这些都会成为他日后创作的要素。不过，仅凭大脑去记忆，就会出现记忆清晰的部分以及记忆模糊的部分。比如你当时记了 10 个或 15 个这样的细节，可是过个一年半载，还能清楚记得的恐怕就只剩下七八个了吧。所以，对于记忆模糊的部分，就只能凭想象去补充完整了。换句话说，你印象最深刻的部分就会成为作品中主要的部分。于是，一栋原创的建筑就这么诞生了。

如果对着照片画，就只能是临摹一遍。只依赖记忆才能使之成为原创，这一点也稍微影响了我，所以在游览的时候我都尽量不带相机了。通过相机的取景窗去看的话，就不能很好地观察记忆所看到的景物，还是用自己的眼睛去观察记忆事物更重要吧。

有的时候，他会饶有兴致地玩这样的猜谜游戏：在路上走着，看见有趣的房子，他就会问："你猜，那房子里的布局会是什么样的呢？"不过当初制作《哈尔的移动城堡》时，设计好了"城堡"之后，他为里面的布局还苦恼了一阵呢。

其实，他看电影的方式也颇类似。这一点我以前也说过，在这里引用一下吧。

有时，他会在一大早时说"今天去看电影吧"，然后，晚上回来时他就会跟我报告：

"今天看了五部电影，不过有趣的只有一部。"

这就是他看电影的方式。他常常连电影的名字和放映时间都不看就进去。比如去新宿，走着走着，他会突然来了兴致，于是就毫不犹豫地走进旁边的电影院，从中间开始看。如果觉得没意思，他又会马上出来，去看下一部电影。如果觉得有意思，就会继续看下去。不过也还是一样不看开头。而且，他判断一部电影是否有意思的标准也非常与众不同。曾经发生了一件这样的事，有天他跟我说："《成吉思汗》这部电影很有意思！我以前始终想不明白那时的铠甲是如何制作的，今天我终于明白了！"

"电影内容是什么？"

"我看不大明白它的内容。"

也就是说，他是抱着了解铠甲的制作方法、骑马的方法等问题去看电影的。难怪他从中间看也没什么障碍。

我又想到与此有关的另一件事。老宫的《卡里奥斯特罗之城》受法国战后的杰出动画《斜眼暴君》的影响很深。对此，高畑是这样评论的（《漫画电影志》，2007 年），我觉得说得非常贴切：

一部并没看过几遍的作品，宫崎骏却能瞬间将它的表现手法灵活运用到自己的作品世界中，这样的艺术咀嚼力与影像记忆力，令我无比钦佩。

○　从寻常对话中汲取灵感

"方圆三米以内到处是故事题材"，这是老宫常挂在嘴边的一句话。我想大家一定都很好奇，他那些精彩纷呈的想象都是从哪里来的，其实他的信息来源只有两个，那就是朋友的话，以及与工作人员的日常对话。

老宫是这样说的："在吉卜力工作室发生的事，也会发生在东京。在东京发生的事，也会发生在全日本。在全日本发生的事，或许也会发生在整个世界上吧。"正因如此，所以方圆三米以内都是故事题材。

比如在《千与千寻》获得奥斯卡最佳动画长片奖的话题告一段落后，周围的气氛也逐渐归于平静，这时老宫显出少有的平静，他对我说："这部电影的创作灵感来自铃木说的关于夜总会的事。"我一下子没反应过来："您说什么？"我当时已经完全忘记那件事了。我有一个年轻的朋友很喜欢去夜总会，他说："夜总会里其实有很多原本内向的女孩，为了钱而接待男人的同时，原本不擅长的社交能力也得到了锻炼。同样，去那里花钱的男人也是这样。所以说，夜总会是提高人们交流沟通能力的场所。"我觉得这话说得很有意思，曾经转述给老宫，没想到这成了《千与千寻》的主题。确实，在电影里，主人公千寻进了一个奇怪的世界，不管她愿不愿意都要与周围的人打交道。她的沟通能力也因此逐渐得到提升。另外，还有一个重要的角色"无脸人"则是一个反例，因为他不懂得与人交流，只好用暴力解决问题。老宫觉得关于夜总会的那段话很有意思，一直记在心里，最后把它变成了电影的核心概念。

○ 与工作人员的交流

在工作室的时候，他除了坐在自己的座位上工作，还喜欢在工作室里四处走走看看。工作室里有很多工作人员，像是动画师和画背景的人等，光是绘图的人就有百来号。他会走到每个人的桌子旁边。大家的桌面上常摆着很多东西，不只是办公用品。比如，有的人桌面上摆着漫画，他就会直接拿起漫画，一声招呼都不打，当场翻看起来。光是这个"不打招呼"就已经很厉害了，然后他还问别人："你，这个——看到哪里了？"现在的年轻人就算只买一本书也不见得整本都看，很多人都只是挑选自己喜欢的部分来看。老宫也很清楚这一点。"我读了这里。""哦——这样啊。"于是，他就站在那儿把那个部分看一遍，然后问些问题，比如"你觉得这个部分有意思的点是什么呢"之类的，然后再走到其他人的桌子前。

除此之外，画画的人应该普遍都有听着音乐工作的习惯。因为工作时精神比较集中，经常察觉不到有人过来。而老宫就会在这种时候突然把脸探过去，吓死人了。老宫的脸本来就很大，突然从旁边凑过来，会让人感觉一阵风扑来。那人一看是老宫，赶紧把耳机摘下来。这时，他就又会问也不问地立刻把耳机拿过来戴上听，然后问："这首歌为什么好听？"

他这么做多少都会给别人带来一些困扰，不过我认为这样的行为却有多方面的意义。从根本上来说，是由于他想了解每一个人的求知欲。最朴素的目的大概就是这样了，不过每天都重复着这种行为的同时，不知不觉间就掌握了"啊！现在大家喜欢的都是这样的东西啊"这样的信息，不是吗？"方圆三米以内都是故事题材"指的也就是这么回事吧。

实际上，在他的电影里出现的人物大多数是有生活原型的。比如新进入工作室的员工或是偶尔来往工作室的人，捎带些许不可思议的感觉同时又有意思的人，他一发现就会来兴致。他确实是个好奇心旺盛、喜欢与人交往的人。因为非常想了解那个人，有事没事就会缠着人家。总之，他想了解别人的欲望非常之盛。

最近也发生了这样的事。当时正在创作《崖上的波妞》（2008 年夏季上映），主人公是个 5 岁的男孩。老宫毕竟也上了年纪，身边并没有这么大的孩子。有一天，帮我管理工作进程的助手白木伸子女士把自己的孩子带到了公司，是个 6 岁的小男孩。老宫马上表现出了浓厚的兴趣："来这边一块儿玩吧！"老宫一边和他玩一边注意观察他，感叹："原来现在 6 岁的小孩是这样的啊！"

然后他问白木伸子："下次什么时候再带他来玩啊？"结果，白木伸子不得不每周六都带孩子来公司，也真是难为她了。有一次，这个小男孩对老宫说："爷爷，谢谢你和我一块儿玩。"说着递给老宫一个自己制作的礼物。老宫肯定高兴坏了，被小孩喜爱是多么开心的事啊。这个小情节后来也放到了动画里。

○ 不预设结局的创作

老宫在制作电影的时候非常有意思的一点是，分镜画到一半就进入作画流程。换句话说，就是结局还没定。

制作电影时会把一部片子分成几个部分去画，每个部分大概 20 分钟，然后按照 A 段、B 段、C 段这样做。20 分钟的分段实际上是和电视动画系列一样的。电视上 30 分钟的节目，实际内容播出占 20 分钟左右。因为老宫和高畑都制作过电视动画，以 20 分钟来划分，也是一种习惯的延续。这样分割开后，就直接开始作画了。

最开始的时候，《天空之城》和《魔女宅急便》是有剧本的，开创无剧本创作先河的是《红猪》。原本是因为时间来不及，所以没等剧本完成就开始画了。当时已经大体确定了故事梗概，老宫就说："一边画分镜一边等剧本不就好了。"然而中途发生了类似主次颠倒的情况，或者说制作的目的变了。这时，老宫对我说："铃木，制作已经知道结局的东西，一点意思都没有啊。"于是，这就变成了一种创作手法。

真正有意实施这一想法是从《幽灵公主》开始的。老宫认为，制作电影就像是开船出去航海，会遇见晴天，也可能遇见狂风暴雨。而乘这条船的工作人员，并不知道航行的终点，也就是故事的结尾，包括导演在内的所有人都一起体会这样的紧张感，如此才会让电影变得有趣，同时也会为作品带来一种幸运。老宫就是这么想的。

诚然，不知道结局的话，的确是非常刺激。用航海做比喻实在太恰如其分了，但如果真的套用这个比喻，就意味着存在海难的风险，也就是说电影可能做不出来。

创作《哈尔的移动城堡》时就是这样，过程很有意思，但是也着实令人伤脑筋。这部电影的时长是 1 小时 59 分钟。但分镜都画到 1 小时 30 分钟时，还不见他拿出结尾。老宫神情严肃地来找我，关起门来问我："怎么办？怎么收尾好呢？"这种时候的老宫显得特别可爱。我们聊着聊着，他突然一拍大腿："就是这个了！"终于完成了最后结局的 10 分钟。

○ 寄托于登场人物的感情

从《幽灵公主》开始，老宫就有意识地进行不预设结局的影片创作，但这对他来说着实有着不小的压力，中途他自然就会感到忧心忡忡。我安抚他："权当是在创作连载漫画吧。"因为连载漫画也是不预设结局进行创作的。老宫听了就放下心来："说得也是，当成连载漫画吗？"不过，故事的结局方式依然"难产"。实际上，有一阵基本算是完成了结局，但我总觉得还差点什么，并不满意。于是我就跟老宫直说了。我说主人公之一的黑帽大人（又译幻姬大人或艾伯西）的死、炼铁厂的大火，没有这些的话就会感觉故事还没完。像黑帽大人这样的人，在历史上大抵都是要身死的，但她的思想是正确的，所以继承了这些思想的阿席达卡会和幽灵公主珊一起活下去。我觉得像这样才是正统的剧情。听了我的意见，老宫马上就说："果然你也这样想啊！"

实际上，当时由于制作时间非常紧，如果再加入这个情节不仅会超时，还会有很大风险赶不上公映日。这赌注实在太大了。但是，不管怎么说，把作品做好是第一要务，于是我们横下一条心，决定迎接这个挑战。

那之后的三天里，老宫备受折磨，如同陷入了一场苦战，最终决定以黑帽大人被咬掉了一条胳膊作为结局。老宫终究还是没能杀死黑帽子女当家。他已经进入故事中，彻底成为那个角色。所以，尽管从故事进展来看这个角色是必须死的，但他无论如何都不忍痛下杀手。我永远都忘不了老宫最后对我说的那句"就这样吧，饶了我吧"。

对于如此入戏的老宫，高畑有一段很妙的评价，容我引用一下（同前《爱的火花》）：

> 他创作的动画人物具有一种令人望而生畏的现实感，但这并不是因为他对这些人物的冷静观察。即便他把自己敏锐的观察结果编织到影片当中，也还是会进入那个人物，并且借由融合迸发出爱的火花，使理想化的人物变得有血有肉。正是这样的他，将自己代入那些为剧情而设计的一个个人物中，给予那些人物独特的魅力、烦恼与言行，就连恶徒也不知不觉变得不那么坏了。能够创造出具有复杂的深度，或者说有趣而又带有烟火气的人物，或许是优秀作家所共通的倾向，不过单就老宫

而言，在漫长的制作期间，要与自己创造出来的这些人物终日相伴，不代入感情直接去画，恐怕是他无法忍受的一件事。

○ "这样不会有损小月的形象吧？"

要说最具老宫风格的一件事，还是要数创作《龙猫》时期的那件事。想必很多人都知道这部影片。影片里的主人公是一对叫小月和小梅的姐妹。按照故事设定，她们的妈妈生病住院，上小学六年级的小月代替妈妈承担起了照顾全家的任务。眼看着分镜一点点画下去，我却总觉得有点不自然。

所谓小孩子，不是你让他们做什么他们就能做到的，基本上都会以失败而告终。这样才更像小孩子对吧？小月却把一切都做得井井有条，让人觉得非常违和。我把这件事告诉了老宫。"现实中不会有这样的孩子吧？"也许是因为我当时还年轻，我又继续说道，"小时候就把这些事全都做完的话，小月长大以后一定会变成不良少年的。"

这时候，老宫真的发火了。"不，有这种孩子。不，是有过。"我听得云里雾里的，他又继续说，"我曾经就是这样。"原来，老宫也有兄弟，虽然他是男孩子，但由于小的时候母亲常年卧床，他也承担过母亲的职责，负责给一家人做饭之类的。正因为他有过这样的经历，才会创造出比妈妈还要能干、理想化的小月。

不过生气归生气，老宫还是记住了这件事，因为他本来就是个能够真诚接受他人意见的人。后来有一天他突然叫我"稍微过来一下"。还以为他要干吗，原来是电影里小月因为担心妈妈会不会死而哭的情节，那部分的分镜画好了。他说："铃木，你看看吧。"

"哦，她在这时候哭了啊。"我说。"我特意让她哭的。"老宫应道，并且说，"铃木，这样一来小月就不会变成不良少年了吧？"在我回答"不会"之后，老宫高兴地说："太好了。"挺大个人了还像个孩子一样，令我再次感叹他真是个单纯的人。

○ 关于《龙猫》的记忆

《龙猫》是一部承载了太多回忆的电影，多到令我觉得为难。虽然前面说过小月的事了，但我还是想讲一讲关于剧本和分镜的话题。在最初的方案中，龙猫一出场就大显身手，也就是要从头演到尾的。我看了分镜，那个时候的我还比较老实，一旦感觉有问题就会写在脸上。老宫问我怎么了，我告诉他："我觉得类似龙猫这样的角色，一般在电影里不会一开始就登场。"毕竟我还是没把"这样从头演到尾怎么行"这样的话说出口。

老宫问道："那该怎么办？"我说："一般都是演到一半才登场的呀。"其实我并没有什么根据，就是顺势一说。但我也说不清这种感觉是从哪里来的。他想了一会儿，又追问道："为什么？"没办法，我只好说："斯皮尔伯格的《E.T.》里，外星人就是在影片中间才出现的。""原来如此！"老宫说道。

接下来老宫实在是厉害。他拿来一张大纸，在正中间画了一条线，在旁边写上"龙猫出场"。周围那么多的工作人员，他全都问了一遍。而且丝毫没有觉得不好意思，只说："是吗，在中间出现比较好啊。"这样的事虽然看起来简单，但是我想很多人未必做得来，所以我觉得他很令人佩服。

然后他又进一步地问我："那么，在出场之前该怎么办呢？"我回答说："稍微露个手脚什么的吧。"我想重申一遍，当时我确实没有仔细考虑过，只是在讲述我在《E.T.》这部电影里所看到的一些情节。结果是，龙猫变成在电影中间出场以后，还要考虑它出现之前的画面。于是，电影加入了像搬家、到新家的第一天等情节。

另外，还发生了这样一件事：基于各种缘由，《龙猫》和高畑的《萤火虫之墓》被排在一个档期上映。这对吉卜力来说可谓是一次大冒险。这还不算，老宫听说高畑做的是一部文艺片时，非常上心。一脸认真地跟我说："铃木，《萤火虫之墓》是一部文艺片吧。"

"嗯，大概是吧。"

"那我也要做文艺片！"

"啊？怎么做？"

"不能出现猫巴士这样的东西！有这种东西就不是文艺片了！"

我大吃一惊！不仅猫巴士，他还想把骑着陀螺飞上天空的那段也去掉。"骑着陀螺在天上飞，不能做这么傻的情节。"他这话真是让人大伤脑筋，我是真心喜欢猫巴士，而且如果去掉这个要准备怎么做呢？我忧心忡忡地去找正在制作《萤火虫之墓》的高畑："高畑，真是让人伤脑筋啊！"

"怎么了？"

"高畑，你知道《龙猫》的大致企划吧？"

"啊——是因为那个吗？"

"现在他说要把猫巴士和陀螺去掉。"

"那太可惜了！"

"我也这么觉得。去掉真的是太可惜了！对，我就这么跟他说！"

于是我去找老宫。

"老宫，我想说说关于猫巴士和陀螺的事。"

"怎么了？"

"高畑说去掉它们太可惜了。"

老宫果然敌不过高畑的一句话："那就保留吧！"

我心里的大石头也总算落地了。

○ 《龙猫》里描绘的大自然

在《龙猫》里担任美术设计的是当时只有三十几岁的男鹿和雄。不可否认的是，《龙猫》的一大魅力源于影片里描绘的深山美景，他的工作就是如此杰出。背景中的自然风光，让看电影的人在不知不觉间切身体会时间的流逝和季节的变换。男鹿是位能量非凡的美术师。2007 年 7 月至 9 月，他在东京都现代美术馆举办了以吉卜力作品为主的个人画展，盛况空前，据说是现代美术馆开放以来人流量最多的一次展览。当然，前来参观的人并不都是为了《龙猫》，但我觉得去的人当中《龙猫》的粉丝一定很多。

对于男鹿的作品，老宫只提出过一个改动，那就是土地的颜色。

因为故事人物是在关东地区，那里的垆埭土颜色应该是红色，但是男鹿把它画成了黑色。因为男鹿是秋田人，提起土地的颜色，首先想到的就是黑色，我记得非常清楚，老宫说"改成红色"，男鹿就默默地改掉了。

就这样，以深山为舞台的《龙猫》便制作完成了。在试映会上也发生了件有趣的事，那就是尾形先生观影后的反应。试映结束后，老宫满心期待地问："尾形，你觉得怎么样？"尾形这样说道："最后那个大家一起洗澡的画面不错。"老宫听了尾形这样不咸不淡的回应，很生气。这时，一直在旁边默不作声的高畑说道："尾形是自小在山里长大的，他的意思是说，这部片子的内容并不能唤起他的共鸣吧。"

换句话说，对于自小在山里长大的尾形来说，这是一部他找不到共鸣的电影。先不说电影里描绘的山中风景，仅从现实的角度出发，无论是丛林中还是树林里都有很多小昆虫，根本不可能像电影里的人物那样穿着短袖就进去。不管多么热的天，都必须穿着长袖长裤才行。电影里描绘的是一个理想化的大自然，因而不能唤起尾形的童年回忆也是很自然的事。"我根本看不懂这是部讲什么的电影。"尾形真是个直率的人啊。顺带一提，老宫其实非常向往田间生活，对自己在东京长大这件事有点自卑。也是因为这样，我从小生活在名古屋也受到了他的嘲笑："铃木也不懂，你也是城里长大的。"

尽管当时高畑是那么说的，但后来，他就《龙猫》的意义这样写道（《爱的火花》）：

　　　我认为，宫崎骏给予我们最大的恩惠便是"龙猫"了。龙猫并不是一个普通的偶像角色，他不仅让龙猫住进了所泽的森林，也让龙猫住进了所有日本人身边的森林和树丛中。龙猫住在全国小孩子的心中，小孩子只要看到有许多树的地方，就会觉得里面藏着龙猫。这样美妙的事情太少见了。

我也很认同他的话。高畑还说过："《龙猫》是我们目标的顶峰。"老宫听了非常欢喜。

○ 不以营利为目的的作品却带来了最大的利益

无论是从发行量还是收益额来看，《龙猫》都给了我们很大的启示。实际上，在制作《龙猫》的时候，我们是以"不赚钱也没关系"的心态来做的，但最后《龙猫》成了最赚钱的一部作品。

老宫常说的电影制作三原则是：

有意思，

有意义，

能赚钱。

一部电影，首先要有意思；其次是主题有意义；最后，因为电影也是商品，不能赚钱是不行的。他常对年轻员工强调这三点原则。但是，唯独在制作《龙猫》时，老宫打破了原则。说白了，就是他觉得即便这部电影不赚钱也没关系。

这是有原因的。与过去片场时代的导演不同，现在的导演压力非常大，一旦有一部作品不卖座，或许就没有第二次机会了。为了吸引观众，导演可谓不遗余力，他们所承受的压力是外人难以想象的。一部电影即便内容再成功，如果票房不佳，那么连带着评论也会不好。不过那时，吉卜力正好有两部电影同时制作发行，另一部是与老宫有着兄弟般感情的高畑所创作的《萤火虫之墓》。因此，不用一个人背负全部的票房压力，这让老宫轻松了不少。

这也关系到了龙猫的出场时间。老宫接纳了大家的意见，把龙猫的出场时间改在了影片的中间部分，他当时还说了一句："两部影片同时发行，反正有《萤火虫之墓》，这样改动也没关系，是吧，铃木？"

无论如何都必须保证卖座，出于这种不允许失败的压力，老宫想让龙猫这个充满魅力的角色从一开始就登场并且从头演到尾，这样的观念早已根深蒂固。也正是因为如此，老宫总是让主角活跃于整部电影，以这种手法来服务观众，《卡里奥斯特罗之城》《风之谷》《天空之城》等都是如此，这次他从这样的定式中解脱了出来。或许大家会觉得比较意外，但在制作《龙猫》过程中，他确实没有发挥出以往的那种服务精神。当然，他制作有意思的作品的原则并没有改变。可能是这个原因，在制作《龙猫》时，我见到了在我参与过的吉卜力作品制作过程中，状态最轻松愉快的老宫。

如果要让我举例来说，我想引用以前发表过的文章描述一下那种轻松愉快的工作氛围，这是和刚说的男鹿有关的一件事（《红色土地》，2007 年）：

宫崎骏导演一旦投入工作，就会露出与平时不一样的严肃神情，但唯独在制作《龙猫》时不一样。我记得他说过是因为同时发行的还有《萤火虫之墓》，所以感觉轻松了不少。

当时，大家都在安静地绘图，老宫一边绘图一边和旁边的人愉快地说话。突然，传来一个愤怒的声音："吵死了！安静点！"是男鹿。他就说了这一句，然后就目不斜视，继续埋头绘图，像什么事都没发生过似的，工作室的氛围瞬间紧张了起来，大家也都埋头工作。

过了一会儿，老宫悄悄站起来，拿着粉笔，在男鹿的桌子周围画了一圈白线——不可入内。老宫竖起食指贴在嘴上，像个搞恶作剧的小孩一样，看着我"嘘"了一声。

那是男鹿参加制作的第一部吉卜力作品，他对工作有些紧张很正常，因此才会下意识地喊出"太吵了"这样的话。老宫非常理解他的心情，同时又能采取幽默的方式解决问题，很了不起。应该说，他是因为实在太开心了，才有心情做这种事的吧。总之那个时候，老宫得到了彻底的解放。

就是在这样的气氛中制作完成的《龙猫》大受好评，几乎囊括了当年所有的电影奖项。同时推出的《萤火虫之墓》作为文艺电影也广受好评。由于是在 4 月中旬这样暧昧的时间上映，两部影片都没有获得很好的票房成绩，甚至可以说这两部电影是吉卜力作品中最不卖座的两部。它们一开始便被认为题材不够有吸引力（比如没有战争场面等），所以发行方并不愿意推广，甚至还是靠德间社长强硬的推销才得以上映，因此，市场对它们的票房期待本来就不高。

但这只是开始，《龙猫》大受欢迎是从电视播映开始的。日本电视台每周五的新影片专场放映栏目播出《龙猫》后反响轰动。并且在此时出乎意料地推出了电影的周边商品，就是龙猫的小玩偶。很多人都以为推出周边商品是企划案的一部分，实际上并不是在创作电影时生产的产品，而是在电视上播出之后，与电影首映时隔了两年，才第一次出现的。在那之前吉卜力还从没考虑过推出任何电影角色的商品。而龙猫的玩偶也是一个玩具厂商看中了龙猫的独特魅力，找上门来商谈合作才有的。出售制作周边商品的著作权给吉卜力工作室带来了很大的收益。在上映时没有好票房的《龙猫》，却成了给吉卜力带来最大收益的一部电影，好东西果然还是要做出来才行啊，这件事令我感到非常不可思议。

○ 新的挑战与集大成者

《幽灵公主》完成于 1997 年，是老宫 55 岁前后完成的作品。我站在旁边亲眼看着他画分镜时，被深深震撼了。到了五十几岁的年纪还能以新人导演的姿态制作影片，着实令人震惊。首先，他跳出了自己惯用的创作手法。举个最显而易见的例子来说，就是影片里没有在天空中飞翔的人物。在他以前的作品里，人物常常是一出场就飞上了天空，但在这部影片里一个飞行的场景都没有出现。换句话说，他将长久以来自己所培育的一切全部舍弃了，尝试挑战新的事物。更重要的是，他并没有将过去的成绩当作垫脚石。我在他身上所感受到的，是一位新人导演的初心。

挑选创作题材时也是如此。他先设定了一个难度很大的主题，然后再去挑战它。但这样的问题总是无法一蹴而就，常会反反复复，手忙脚乱，然而这样的老宫，却让我感受到了一种初生牛犊不怕虎的朝气。

还没决定影片内容时，先导片就打出了"宫崎骏动画的集大成之作"的字样。但是我觉得这个宣传名不副实，这并不是集大成之作，而是新挑战。这种时候就不得不说到高畑的厉害之处。在试映会上，高畑致了开幕词，这样说道："这不是一部集大成之作。老宫还非常年轻，不对，是返老还童！"

制作这部电影的时候，老宫也时不时就会问我："铃木，你认为如何？"我感到困惑的是关于影片的时代背景的设定，如果设定为"日本室町时代"，不就意味着要篡改历史了吗？在日本，砍伐树木后一定会在原地种上新树，而炼铁场也不可能全是女工。直觉上我认为是不能这么干的。因此，我曾一度提出要将故事的时代背景设定在一个虚构的国家里。老宫马上说："明白了，就这么办吧。"这就是他的厉害之处，能够毫不犹豫地接受别人的意见。不过嘴上虽然这么说，其实我心里很迷茫。因为当时已经到了该考虑宣传方案的时候，我觉得如果影片摒弃了日本这个元素的话，可能会吸引不了观众。犹豫了很久，最终决定还是用原来的方案，将其背景设定为日本，老宫又马上答应了。但说实话，我到现在也没有想清楚最后这个决定到底好不好。

这部电影我真正下决心坚持的是影片的名字。在宣传即将开始之前，说要将影片更名为《阿席达卡䜌记》，在日语里并没有"䜌记"

这个词，它是老宫自创的字，意为"人们口耳相传的故事"。当时，老宫非常坚持这个意见，还说："大家都觉得这个名字更好些。"我心想，"大家"是指谁呢？老宫就是会说话。不过，我觉得"幽灵公主"这个名字更有冲击力，所以，虽然很为难但我并没有让步。我们的意见就这么一直僵持着，后来我决定使用非常手段来解决这个问题。由于老宫对特别报道、电视宣传等事不感兴趣，所以我在日本电视台第一次播放宣传片时，打出了"幽灵公主"的名称（见第69页下方的图片）。对于他后来的反应，我曾在一篇文章中写过，引用如下（《关于"幽灵公主"这个名字》，1997年）：

> 宫崎骏知道此事时已经晚了，他愤愤地过来问我："铃木，电影名字公布为《幽灵公主》了？"
>
> 当时我正忙着工作，慢慢地抬起头，仿佛没事人似的，平静地说道："是的，公布了。"
>
> 他愣了一下，什么话也没说，就回到了自己的座位，从那以后，他就对此事闭口不谈。老宫也会有这样的一面，只是视时间和场合而定。对我来说，这就是一场赌博。
>
> 在影片的商业宣传过程中，每当被问到电影名称这个话题时，他就会这样回答："这个请问制片人。"

我当时之所以会用那么强硬的手段，也取决于时间和场合。我坚定地认为这个名字对作品来说更好，同时也相信老宫会理解我的良苦用心，这是我敢赌一把的原因。

说起集大成之作，应该是《千与千寻》。老宫将自己一直以来

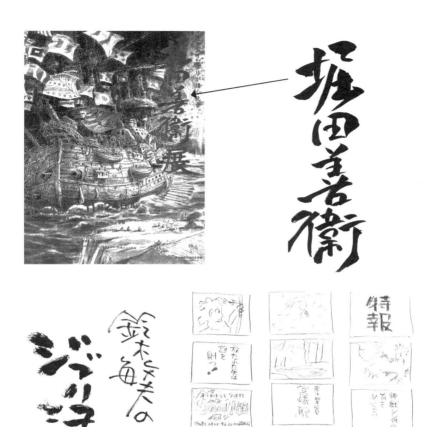

制片人的绘画和题字。

[左上] 堀田善卫展的海报。

[右上] 铃木敏夫的题字。

[左下] 标语"吉卜力挥汗如雨"也是铃木敏夫自己执笔。

[右下]1995 年，电视上播映《龙猫》后紧接着播放的《幽灵公主》的特辑分镜头。
这也是《幽灵公主》这个名字第一次与观众见面。

培育的东西全部运用起来，自由得仿佛在天际翱翔。从这一点来看，我觉得《幽灵公主》和《千与千寻》是非常有意思的两部影片。

在创作《千与千寻》时，一直到千寻被夺去名字并被迫劳动为止，创作都非常流畅。但之后故事该往哪个方向发展，曾一度成了难题。也就是说，到底要往无脸男这条线上走，还是让它成为一个冒险故事。老宫突然来咨询我的意见，我也着实为难了一阵。"长远来看，把它创作成一个冒险故事会让它成为一部无过的作品。但是，如果以无脸男这个线索向前发展，可能会引起一些观众的思考，甚至引起他们的烦恼。不过，这可能反倒更吸引观众。"老宫听了，说："那就用无脸男这条线吧！"这样写下来好像我们用了很长时间来决定故事情节的发展，但其实只是一会儿的工夫。老宫就是这样突如其来地问"你怎么想"，又要求马上得到答案。

我突然想起评论家加藤周一看了《千与千寻》之后，他笑道："日本的神太多了，还真是让人困扰呢。"

不过话说回来，制作《幽灵公主》的时候我说"设定成日本以外的国家吧"，老宫就回答"好啊"；制作《千与千寻》的时候我说"走无脸男线吧"，他又当即接受了，反倒让我提心吊胆地。真想对老宫说："这都是很重要的事情啊！"

○ 对女性与恋爱的刻画

我们换个角度来看宫崎骏动画的特质和魅力吧。

首先是对女性的刻画。《幽灵公主》中，在炼铁场工作的全是女性。老宫对女性地位的表现是很感兴趣的，他可以说是一个女性主义者，他成长的家庭环境是由妈妈和四个儿子构成的，或许与此有关。某种意义上，他是将女性理想化了的。

像炼铁场那样全是女性工作的地方在历史上是不存在的，对此老宫也很清楚，但他却乐于认为是可能存在过的。因为他在工作现场真实体会到了，如果不借助女性的力量，社会是无法发展下去的。动画从业者中有很多都是女性，制作动画时能够竭尽全力坚持到最后的也是女性，这些都被他记在心里。

制作《红猪》的时候，高畑的《岁月的童话》已经先一步开始制作了，而且在实际工作中发生了制作期重叠的情况，主要的工作人员都被那边拉走了。当时老宫挑选了些令人意想不到的人，果断地确定了人员名单。我这么说可能有点难以理解，那些都是拥有某方面的特长却并非顶尖，但是会勤恳工作的人，而且与电影制作有关的重要核心岗位全都是女性。"女性制作的《红猪》"这一点也被老宫当作了卖点。

或许在老宫的心中有那么一个信念，就是把女性作为最后能够依赖的人。《风之谷》这部片子就已经反映出了这一点。我在一篇内部资料写过相关的内容，引用如下（《〈心之谷〉的宣传理念》，1995 年）：

> 我认为电影《风之谷》的娜乌西卡比现实更早一步实现了男女平等——不，不怕误会地讲一句，恐怕电影实现的是更进一步的女尊男卑。这是我一直以来的想法。《风之谷》叙述了在

被男人破坏得满目疮痍的地球上，一个少女独自拯救世界的故事。从另一个角度也可以把《风之谷》看作一部向男性复仇的影片。有识之士认为这部电影大受欢迎是因为它的"人与自然"的主题，但实际上从另一方面来看，它受欢迎也是因为影片所塑造的像娜乌西卡这样性格鲜明勇敢的女性角色——一个预示新时代的到来的女性人物的出现，唤醒了女性观众心里沉睡已久的意识。

也许我的解释有点牵强，但我还是认为吉卜力的作品，或者说尤其是宫崎骏的作品，如果从女性的视角来看，似乎能够看到更多的东西。此外，作品中对于男女间关系的刻画也很别具一格。一般情况下，男人和女人之间都是按照相遇，然后互相揣测对方想法的顺序发展。但是在宫崎骏动画中，男女之间总是在相遇的一瞬间就会确定百分之百爱上对方，而且无论是在哪一部影片里，男女主人公都是一相遇就马上有了肢体上的接触。比如，哈尔一出场就搂住苏菲的肩膀；白龙也是一见到千寻就把手放在她肩上宽慰她；在《天空之城》里，当希达从天上掉下来时被巴斯接住了，两人在局促的飞机舱里肩并肩地飞行，这样的场景设计实在巧妙。

我们再来看看其他影片中对恋爱的刻画。《心之谷》讲述的是初中生之间的故事。圣司去远方修学了，小女孩就把感情写成了故事。一般来说，小女孩应该是想把自己写的故事给圣司看。但在这部片子里，当故事完成时，圣司并不在她身边，所以她只好把故事给爷爷看。爷爷看后，从里屋拿出一块石头，对女孩说："你就是这未经加工的宝石。"一般来说，爷爷就要开始苦口婆心地劝说女孩了，但在影片里不是这样，爷爷开始给女孩讲起了他年轻时在德国与一位女性聊天并一起吃砂锅面条的事。又是另一幅充满爱意的画面。后来我问这位老人的原型是谁，结果老宫一副害羞的样子，说道："铃木，你想想看，西司朗老人可是个拥有很多石头的人啊。"（笑）但这或许就是这部影片大热的原因吧。

○ 信赖人性而产生的官能性

高畑评论说，宫崎骏动画最大的魅力是官能性。继《风之谷》之后，高畑再度担任《天空之城》的制片人。当时他写了这么几段话（《献给全体现代人的友爱之作》，1985 年）：

> 让只知道皮笑肉不笑的现代孩子从心底发出笑声，让他们手心捏着汗，让他们全身心地投入主人公的一举一动中，最后，让他们带着爽朗的表情，胸中充满英雄气概地大步走出影院。这是所有电影人的梦想吧。

> 这些年来，到底有没有一部动画能够做到真正的人文主义，而不仅仅是把"愉快得令人血脉偾张的冒险故事"当成宣传标语呢？很多科幻机械作品看上去能够给人带来冒险故事的快乐，但实际上在那些原本是由人类创造的巨大机械面前，它们那种非人类的魔幻能力，令人类的肉体能力显得微不足道，这才是这种作品持续给观众带来的影响。这时候人类所感受到的，就只是操作机械时像打电动游戏一样的神经质的紧张，并没有任

何"血脉偾张"的官能性。

宫崎骏自己的《未来少年柯南》以及其他作品，也不过都是通过对人类的讴歌，来抚慰观众的渴求而已……

当今社会，无论大人还是小孩，全都在想方设法地为适应非人类的电子化事物做着感人至深的努力，只有满腔热血的宫崎骏深信不疑，无论哪个层面的模拟技术都是人性的表现，并且以让人性在作品世界中完全复兴为己任，带着挑战当下不幸现状的极大野心，制作出了这部对全体现代人类表达友爱的冒险故事。

前作《风之谷》中还只是探讨了地球环境的问题，到了《天空之城》，则是一种向古老的童话故事回归的意向。高畑已经从正面论述了这一点，而我也认为，这种官能性的确是宫崎骏动画最大的魅力。

○ **给观众留下谜题**

在创作电影方面，老宫让我敬佩的还有一点，就是他会刻意留下没有解开的谜题。比如在《幽灵公主》的开头，荒神进攻时，村民大声喊道："是荒神！"为什么他们会知道这是荒神呢？后面当然会讲到大野猪变成荒神的经过，但这个时候观众却不可能看明白。尽管如此，村民们还是直接将它定义为荒神。

这点在《红猪》里体现得更加明显。在片子里，观众会看到一个顶着猪脸样貌的人在街上走着，为什么周围人对此毫无反应呢？影片也没有对此做出解释，甚至对他到底为什么会变成猪的模样也没做任何说明。实际上，我做过此片的一张宣传海报，上面写着"一个关于施法将自己变成猪的男人的故事"。但高畑看了，讽刺道："这部电影里哪个地方讲到这件事了？这已经超过宣传的范围了哦。"我这样做是为了吸引观众，但确实如高畑所言，电影里并没有做出这样的情节说明。

最后还有一点，可能与之前所说的"解谜"不太一样，甚至不知该说是宫崎骏动画的"谜题"还是"魅力"，那就是观众对角色年龄的感受。

最典型的例子就是鲁邦三世。我之前和高畑讨论过鲁邦三世的年龄是多大。后来我们发现，由于观众的年龄不同，他们认知中的鲁邦的年龄也就不同，这点很有趣。对于孩子来说，他是叔叔；对于十几岁的人来说，他是二十几岁的人；对于二十几岁的人来说，他有三十几岁。总之，无论问哪个年龄段的人，都会认为鲁邦三世是比他们年纪大一点的人。故事人物能够被所有年龄段的人接受，这实在是令人钦佩。

只要深入分析宫崎骏的动画，你就会发现很多有意思的东西。不过很少有人去分析，实在是太可惜了！

○　**互不尊敬地共事**

我与老宫共事，掐指算来也有 30 年了。在这 30 年里，我们几乎每天都会聊天。这些年虽说也发生过很多事情，但总的来说，我们的关系还是非常好的。为什么可以这样呢？老宫有一个很不错的说法。

几年前的某天，老宫突然兴冲冲地来找我。他这个人的个性就是这样，一想到什么就藏不住，无论如何都想马上说出来，而且是对那个当事人说。

这种时候，老宫就会跑过来，到我的座位旁边，拉着我说："铃木，有件事啊……"

而我则觉得一定又是些无聊的琐事，所以态度冷淡地回答："怎么啦？"

结果，他这么说道："铃木，我明白了！"

"你明白什么了？"

"我和吧唧先生，还有你，我们能一直在一起共事最重要的原因。"

"什么原因？"

"因为我们互不尊敬！"

他说这话的时候，神情很愉快："如果互相尊敬就没法在一起工作了。"

我也很赞同他的这个理论。因为我们没有其他顾虑，所以才能畅快地阐述自己的意见，在这样的关系里，确实容不下"尊敬"。如果互相"尊敬"，就会开始"客气"了。

不过，最重要的其实还是畅所欲言，以及对方能够照单全收。如果互相没有充分的信任，传达的意思也会被误解。真的能够做到言听计从，还是必须有信赖做基础。也就是说，我们是一种用信赖取代了尊重的关系。

顺带一提，老宫来找我说事情却遭到我当面反驳，也是常有的事。用之前讲《崖上的波妞》时提到的我的助手白木伸子的话来说，就是"铃木先生真是百战百胜呀"，接着她还会说："但是宫崎先生也很厉害，尽管常被铃木先生驳倒，却完全不当回事，继续把想法告诉你，真是了不起！"但这样的状态是有前提的，那就是我俩都是健忘的人，特别是老宫，健忘是出了名的，所以我们才可以知无不言，言无不尽。如果我们都是记性好的人，能记住对方说的每句话，那么我们可能就无法保持像现在这样的关系了。（笑）

五

"动画制作就是大家一起从斜坡上往下滑"

——高畑勋的理论与实践

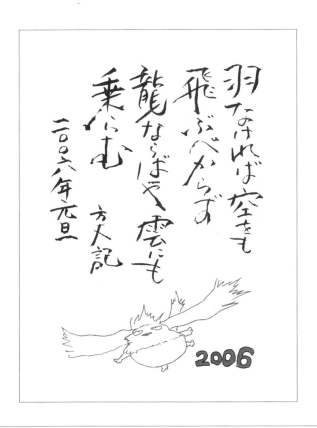

图为宫崎吾朗导演的《地海战记》上映的2006年的贺年卡。这幅图令我想起了电影中龙在天空中飞舞的画面。

••••　••••

　　包括《萤火虫之墓》和《岁月的童话》在内，我从未打算让观众全身心地投入影片的剧情中，而是一直努力想让观众稍微抽离出来观察人物与世界；不是"浑然忘我"，而是在观影的同时进行思考。我不只是要让他们看得心跳加快，还要客观地展示实情，让他们也为现状有所担忧。甚至有些时候我希望观众能够对主人公进行批判。我与保罗·古里莫相识后，就开始有意识地这样去制作《平成狸合战（平成狸合戦ぽんぽこ）》，该片于 1994 年上映，古里莫亦于该年辞世。

——高畑勋《漫画电影志》，2007 年

••••　••••

079

○ 贯彻始终的人

高畑是一个能贯彻始终的人。比如，可能说出来大家会感到很意外，那就是高畑从来没成为过吉卜力工作室的正式一员。吉卜力设立之初，高畑虽然也认为很有必要设立吉卜力，但是他从没说过要加入吉卜力，他主张电影导演不应该成为公司的成员。他对我说："不是有特邀作者这种称呼吗？我叫这个就行。"

因此，吉卜力工作室设立之时，大家把印章带来签聘用合同的时候，高畑自然没有把自己的印章带过来。而且他还对带了个人印章来的老宫说："老宫，搞创作的人不应该在这种东西上盖章。"也许他是正确的，但这样说确实让人很为难。（笑）因此，他一直以"顾问"的方式在吉卜力工作。

尽管如此，但以实际情况来说，吉卜力设立之初，高畑做出了极大的贡献。什么事情该如何处理，像这种问题他都会认真为公司考虑。高畑在这方面的能力是非常出众的。

之前我也说过，高畑在担任《风之谷》制片人时，已经展现了他卓越的才华。他担任制片人时，无论什么事都能摆出许多道理，还通过累计法算出制作预算等，这些都成了我日后担任电影制片人的宝贵借鉴。

○ 对于每个画面精益求精

制片人高畑的能力毋庸置疑，而一旦他自己当上导演，则会让制片人哭出来。因为他是个贯彻到底的完美主义者。作为导演，他绝对是个人主义者。1991年《岁月的童话》是我首次以制片人身份参与制作的作品，那个时候，我就切身体会到了给高畑导演当制片人的感受。

那个时期令我印象深刻的有两件事。

一件是关于《突然出现的葫芦岛》，这是《岁月的童话》的原作者井上久志的另一作品，NHK的木偶剧《突然出现的葫芦岛》曾在电视上播出，但那时高畑刚参加工作，家里没有电视，因而从没看过电视节目。后来，在制作《岁月的童话》时，正好杂志上制作了一期《葫芦岛特辑》，里面刊登了剧中插曲的歌词，其中两首歌的歌词吸引了高畑，他说："真想知道这是两首什么样的歌啊。"故事就从这里开始了。

既然导演想听，制片人自然就要去找。我联系了在NHK工作的熟人，找他们借了四集录影带。于是高畑开始观看起《突然出现的葫芦岛》。他觉得很有意思，决定将某些情节用到自己的影片中，但是并没有听到关键的那两首歌。

高畑无论如何都想听那两首歌，于是我只好再去拜托熟人借录影带。但由于年代有些久远，关于这部木偶剧的录影带一共只找到八集。我只好把剩下那四集拿回来给高畑看，还是没有那两首插曲。

高畑说："应该会有磁带吧，你去找找。"这个节目的磁带是由哥伦比亚电影公司制作的，我只好去找他们，但是他们也只能找到节目的主题曲，找不到插曲，因为插曲根本就没有制作成磁带。高畑又说："那你去找找作曲人吧，毕竟是自己作的曲子，总会留着吧。"于是我只好去位于目黑的曲作者宇野诚一的家找。宇野先生是个非常和善的人，他给我讲了不少当时的事情，但是由于他创作的曲目太多，又没有进行过整理，再加上就连他自己也不记得这两首曲子了，他的夫人也帮忙一起找，可是依然没有找到。

像一部老动画的插曲这样的东西，确实很难留存下来。但是高畑没有放弃，还是跟我说无论如何都想听。我非常为难，绞尽脑汁想办法的时候，突然记起身边有个我们一般叫"狂热粉"的孩子，便向他求助，问他能不能想办法打听看看。他立刻联系了日本国内各种圈子的"狂热粉"。5 天后，曲子竟然找到了！

磁带是一个来自北海道的孩子提供的，里边果然有那两首曲子，这真是不可思议。NHK 没有，哥伦比亚电影公司也没有，连作曲家那里都没有的两首歌，为什么会在北海道找到呢？我向他询问了原委，原来是那个时候再往前追溯 10 年，电台制作播放《葫芦岛特辑》时播过这两首曲子，他就是在那时把它们录下来的。

但是我还是觉得不可思议！我找遍了都没找到的歌，电台又是从哪里找来带子播放的呢？向那位死忠粉询问之后，我终于知道了原因。原来在当时的剧里，中山千夏饰演的是一位博士。当时中山千夏还是个孩子，她妈妈常会在她录节目时到场，而且只要一唱歌就会用卡带录下来，电台播放的就是那时录音的磁带。

高畑听了磁带以后非常高兴，他是个擅长音律的人，转眼就自己把歌曲的谱子记了下来，还一边嘀咕着"啊……原来是这样"，看上去甚是喜悦。但这才正是高畑展示他独到之处的时候。

听到他开口说"但是……"的时候，我心里还是不由得一紧。"这首歌播放的时候，木偶有什么样的动作呢？"他问。因为是木偶剧，当然木偶会随音乐舞动，但是节目的录像显然已找不到，他又让我去找当时表演木偶的人，我只好去找负责表演木偶剧的"一眸座"剧团。但是，他们说当时表演那个木偶的人已经辞职，问其他的人也不记得。我只好通过各种途径，最后终于找到了当年表演木偶的人，还好他还记得，我松了口气。终于，高畑顺利地完成了电影中那个画面的创作。

虽然是非常短的一个场景，却获得了众多好评，大家都觉得看后非常怀念那个时代。因为那个场景真实地反映出了那个时代的氛围。

○ **撰写红花研究手册**

还有另外一件关于《岁月的童话》的事情。

事情发生在山形县，主题是采摘红花。高畑对于如何采摘红花很有兴趣，想亲眼看看红花加工的实际作业过程。于是在什么都还没开始做的时候，就非闹着要去采风。没办法，我只好陪他一起去了山形县。我们拜托当地的旅游部门介绍了几户农家，咨询了很多问题，还拍了一些录像。

这时高畑的不一样就又表现出来了。我们在山形县时，高畑还让演助（演出助手）把日本发售的有关红花的书籍都收集起来。等他回来后，把所有书都仔细研读了一遍，并且在阅读期间记了一大本如同大学课堂笔记似的东西，完成后俨然就是一本"红花是这样做成的"研究报告。

我们在山形县采风时一共拜访了3户农家，但高畑打听出还有与这3户农家不同的红花作业方法，又听说在米泽有位红花制作的能人，高畑就说："这个人应该挺厉害的吧，好想去见一面。"这时候我们的电影正做着呢，开什么玩笑。我拼命阻拦下要亲自去一趟的他，改为让演助那几个孩子去那户农家一趟。据说那个能人看了高畑写的笔记，说道："这确实是制作红花最正确的方法。"

后来，这些红花采摘和制作手法，全部原原本本地放进了电影中。这都是高畑研究的成果。

○　彻底的写实主义者

高畑是个彻底的写实主义者，即便是《阿尔卑斯山的少女》中出现的面包，也是他亲自调查实物的。在这一点上高畑与老宫完全不同。老宫非常擅长让大家"觉得像"，比如《幽灵公主》里边的炼铁场，看着画得像模像样的，其实里面很多细节都是他编的。（笑）但让老宫来说的话，就是"吧唧先生对这方面感兴趣，并没什么了不起的，就像我喜欢飞机一样"。

无论如何，高畑能为一个场景做那么详尽的调查，实在是令人佩服，他应该也乐在其中吧。虽然陪着他的人会很辛苦，但真的跟他一起工作就会发现其中的乐趣所在了。

制作《萤火虫之墓》时也是如此，空袭场景中 B-29 飞机飞来的方向，引起了他的关注："它应该是从哪边飞过来的呢？"他为此查找了能找到的所有那个年代的材料，主要是为了确定从主人公清太的家向上看，飞机会从哪个方向飞过来。看过这部影片的观众也许并没有注意这个细节，但飞机的方位与飞行的方向都和历史上一致。

扯得远一些，高畑惯常的这种事无巨细和写实主义，也会表现在他对作画提出的指示上。他从来不用抽象的语言告诉别人该做什么、该怎么做，比如绝对不会说"这种状况要这样的感觉"之类的话。他会直接告诉你"眼睛要画成小山的形状，这里画成圆的"。再如他曾直接要求"把海蒂的眼睛画成三角形"。这样说的好处是对方马上就能知道画好后的效果，因此美术师们都很容易理解他的意思。

○ 《萤火虫之墓》的小插曲

现在回头来看的话，《萤火虫之墓》应该是在吉卜力作品当中唯一一部直到公开上映当天还没有完成的作品。那真是一段痛苦的回忆。

这部片子上映时，在现场看过的人可能还记得，片子里有些未完成的画面。可能有些人会觉得是特意安排的，但事实上那就是没有来得及完成的样子，这在当时还引起了轩然大波。

当时预计《萤火虫之墓》与《龙猫》同时上映。但是鉴于种种原因，《萤火虫之墓》最终由新潮社制作，成了一个全新立项的企划，

图为 1999 年，高畑勋导演的《隔壁的山田君》(7 月上映) 的明信片。这是在动画制作过程中做出来的，其中，形似铃木敏夫的部分是石井久志画的。

而后进展非常缓慢。新潮社毕竟是第一次做电影，因此他们非常担心电影不能在预计的上映期前完成。

有一天，新潮社的员工来找我商量此事。"作为新潮社制作的第一部电影，如果不能如期上映，肯定会成为大笑话。无论用什么方法我们都想说服高畑先生，您看具体该怎么办呢？"他们希望我能给他们出出主意。我很了解高畑的主张，但同时也有很多地方受到新潮社的照顾，所以我当时有点左右为难。

那时我想起了高畑常说的话，他的思维方式有点偏法式，曾说过"导演不能自己提出辞职"这样的话。导演绝对不能主动辞职，除非制片人把导演解聘，才不得不辞职。这就是高畑的想法。

顺着他的想法去看，这部片子的制片人是新潮社的社长，如果作为最高权力者的制片人低头去劝说他，他应该会想办法吧。制片人说的话，高畑也不得不听吧。所以我就跟新潮社的人说，你们走一个这样的过场如何。不过说的时候千万不要说"就算牺牲质量也要赶上公映"，应该说"请在保证质量的同时赶上公映"。这是劝说时必须注意的关键点，当时我这样给新潮社的人提了建议。

我记得那天，从早上开始，高畑就一副坐立不安的样子。他对我说："铃木，你跟我一起去吧。"由于当时我是这样的立场，便用一句"你说的什么话"应付了他。但是到了那一天，突然就变成我要陪他一起去了。说是本来要跟他一起去的人因为进度慢，和他的关系变得紧张起来，所以他只能来向我低头说："拜托了。"没办法，我只好答应了。事情如此决定后，他高呼"谢天谢地"。但我马上斩钉截铁地说道:"我是以代理制片人的身份去的,因为我手下的导演没有按进度制作影片,你可不要试图请求我帮你说话,不要忘了我和你在立场上来说可是对立的。"高畑听了苦笑道:"真是个无情的人啊!"

到了新潮社,我俩进了社长室,和社长闲话家常聊了一会儿后,高畑说道:"我想请您看一下目前为止所作的影片,因为是这样的影片,所以希望您能延长制作期限。"这就是他的主张。我碍于自己的立场,只是低着头。"高畑,请在保证质量的同时赶上公映时间。"高畑不由分说地接道:"请延后公映时间。"在这个时间点,接这个话头的时机,真是绝妙。虽然不够谨慎,但我不由得暗自赞叹:干得漂亮!

不过现在想起来仍然觉得很对不住新潮社的社长,但我想绝对不可能再有第二次了,所以就当个笑话讲了出来,不过这种时候的高畑真的非常了不起。

顺带一提,从那以后,只要遇到影片不能如期完成,便会推迟上映日期。

○ **动画制作就是大家一起从斜坡上往下滚**

高畑非常喜欢法国,那是个以喜欢讲道理闻名的国度,不知道是不是受了这个影响,高畑在分析道理——特别是给自己找借口分析道理时,绝对是旷世奇才。

在创作《萤火虫之墓》期间,我也是拼了命地想让电影按时完成，因此提过想直接砍掉电影中的某个部分，这样才能保证上映不延迟，我知道这肯定会违背高畑的意思，但因为事态非常，我反而强硬起来。高畑听了，说了一个既令人觉得有趣又让人觉得不可思议的道理：

电影制作就是大家一起从斜坡上往下滚，这个斜坡就是电影剧本，剧本是得到了制片人的认可，并且由大家共同决定之后，所有人都要沿着这个斜坡往下滚。导演在往下滚，绘画指导也在往下滚，美术指导也在往下滚，往下滚的过程中朝向最终目标而去。我自己也拿出了全部干劲。这种时候，能对旁边的人说"这里要不要这样一下"吗？

真是不可思议的理由，说得我也好像是听懂了又好像没听懂。不过，这就是高畑。剧本是大家一起决定好的，如果只凭导演一个人的想法就横加更改，这是一个严重的错误，所以不能随便删减剧情——他是这个意思吧，所以才用了这样一个比喻。当时我真想对他说，有这么多时间想这些歪理，还不如快点工作，但是看他表情严肃，我忍住没说。

但是，高畑还是会在某些情况某些场合下真的发脾气。就在不久前，德间书店副社长以下的管理层一致要求高畑按期完成影片。尾形对他说："超期的话预算也会超支的，吧唧先生，拜托按期完成。"高畑听了气得脸都白了，大声回道："计划里都写了我们是要这样做的，看过计划就应该知道要花多少预算了。既然已经知道了，怎么还能拿预算当理由呢！"尾形赶紧劝他："不是，你不要生气。"

当时我也在场，高畑愤怒的样子我至今记忆犹新。我想，他无论多大年纪都会生那样大的气，并且还是会有一流的说理功力。

○ 关于影片名称的褒贬

继《萤火虫之墓》（1988 年）和《岁月的童话》（1991 年）之后，高畑接着又导演了《平成狸合战》（1994 年）。

《平成狸合战》这部电影的名称自始至终都遭到了老宫的反对，外表上可能看不出，但他其实是个相当认真的人，一直在念叨吉卜力怎么能做出叫这种名字的电影。但这是高畑的片子，用他自己的话来说，就是："这个电影名字非常恶俗又没格调，我就是清楚这一点才起了这个名字。"

井上厦[1]先生写过一部以狸猫为主角的小说叫作《腹鼓记》（1985年出版）。这是一部风评不错的小说，我读了觉得很有意思，于是就邀请井上来帮忙做影片的策划工作，在第二次回信中，他接受了邀请。后来井上、高畑还有我曾就狸猫的话题讨论了三四个小时。井上给我们的电影出了很多主意，但都被高畑一个一个地否决了。虽说讨论过程很有意思，却又把别人的意见都否定了，这人真过分。

后来，在某个机会下，老宫第一次见到井上。井上对他说："'平成狸合战'这个名字太不好了。"老宫见有人支持他的观点，马上和井上先生一拍即合，两人一下聊开了。他们俩简直像大合唱一样在

---

[1] 井上厦：剧作家、作家，代表作有《和爸爸在一起》《吉里吉里人》等。

旁边高呼："改名！改名！"如果是往常，被他们俩说到这种份儿上，我也就屈服了。但是我身为制片人，既然用了高畑做导演，就要维护导演的意见，毕竟这片子又不是老宫做。后来我把原委写信告诉了井上先生，井上先生还回信郑重地向我道歉，他真的是个很好的人。

关于这个片名给人的强烈冲击，我曾在公司内部文书上这样写道（《菩提饼山万福寺本堂羽目板之恶作剧》，1994年）：

关于这个名字，各位相关人员可能因为听太多次而已经麻木了，我希望大家能够回想起第一次听到这个名字时的感受。不管是看不上，还是觉得傻，这都是个带来了强烈冲击的名字。这种强烈的冲击力并不亚于《红猪》。系井重里曾这样评论：《红猪》这部电影仅凭片名就足以称为名作了。

我认为《平成狸合战》也是这样，这部片子的邪气源于它的名字。因此只要在片名上搞怪就够了，其他的，包括画面、宣传广告、辅助宣传，都应该更加强调其严谨性。越是强调严肃认真，就越能造成与片名之间的反差，从而使作品有更广阔的幅度。反之，如果把一切都弄得很搞笑，就会使得整部作品受到局限且流于俗套。这样一来，它就与"东映漫画节"中面向低龄儿童的没什么区别了，这才是最可怕的。为了获得高票房，首先要吸引成年人的注意。

在这篇文章里，我还写了《平成狸合战》这部片子既不是"控诉人类破坏自然环境的电影"，也不是"狸猫大战人类的故事"，是日本第一部描写狸猫唱独角戏的"狸猫电影"。总之，这是一部试图打破"吉卜力作品＝宫崎骏动画＝优等生"这种印象的作品，它充满了"邪气"。

最后，《平成狸合战》成了当年日本电影销量冠军，而且七成以上观众是 20 岁以上的成年人，这样的成绩非常令人欣喜。

顺带一提，高畑在《漫画电影志》里写过，在创作这部片子的过程中，他一直有意识地明确一点，那就是这部动画并不是主人公单一视角的电影作品（参见本章节的开头）。在他年轻的时候，由于受了保罗·古里莫、杰克·普维的《斜眼暴君》的影响才踏入动画界。从这个角度来说，《平成狸合战》对于高畑也意义重大。老宫则是始终以主人公的视角出发去创作动画。在这点上，两人是很好的比照。

○ 高畑与宫崎这个组合

高畑与宫崎这个组合非常有意思。事实上，在老宫创作电影时，他脑子里假想的只有一位观众——那就是高畑勋，宫崎骏一心就想着让高畑勋来看自己的电影。这是从老宫言谈的一些细微之处得来的结论。

即便是现在，老宫也常会到三楼和工作室里的年轻人聊天，谈话的内容有一半以上都是关于高畑的。他曾在接受采访时被问道："宫崎先生您常做梦吗？"他回答道："但是我做的梦只有一个，而且登场人物总是高畑。"

可见高畑影响了他整个人生啊。既是前辈，又是竞争对手，有时甚至让他又爱又恨……即使是现在，老宫也会在画分镜时突然对我说："铃木，这么干的话，吧唧先生一定会发火的！"这居然是一个 67 岁的男人说的话。不过看着这样的他，我倒觉得挺好的。

六

"人就是背负着沉重的行囊向前走的"

——德间康快的生存之道

图为 2008 年的贺卡。或许也是制作《崖上的波妞》时期铃木敏夫的心境吧。

　　把文学作品改编成娱乐电影，是德间社长的一大特点。《敦煌》和《俄罗斯国醉梦谭》，无论是哪部作品，如果按照一般的思路来做，肯定都会做成文艺电影。但是，他用自己独特的方式把它们做成了"娱乐电影"。

　　战后，因为"赤色整肃"，德间社长被《读卖新闻》开除了。昭和二十三年（1948年），德间社长接受了学生时代的好友中野正刚的儿子中野达彦的邀请，担任真善美社的专务。就是那个对战后文学贡献颇大的"传说中的出版社"。但是，由于这个社出版的书都太高深，销量并不佳。后来，又经历了种种波折，一直到创办《朝日艺能》周刊，德间社长才在经营上获得成功。

　　也许仅仅是我个人的推测，我觉得德间社长从以前的经历中学到的哲学就是，大众并不喜欢杰出的文学，他们想要的是娱乐。但是，人并不会轻易放弃年轻时的梦想和希望，为了平衡这一矛盾，只能把文学作品改编成娱乐电影，我想这或许就是理想主义者德间社长的人生吧。

　　　　　　　　　　　　　　——《德间社长与野间宏》，2001 年

○ "金钱不过是纸"

德间书店的社长德间康快对我的影响很大。他生于 1921 年，于 2000 年秋天与世长辞。吉卜力成立时他已经 60 多岁，但仍然以经营者的姿态积极工作。

他是个在你犹豫的时候会鼓励你放胆去做的人。当我去问他该不该组建吉卜力时，他立刻就对我的提议表示了赞同，并在背后给了我极大的支持。也是从筹划组建吉卜力起，我才有机会直接跟他搭上话。也不知从何时起，他就改口叫我"敏夫"甚至是"小敏"了。

虽然带我入门制片人这一行业的是高畑，但从德间社长那里，我也学到了很多东西。我认为他作为制片人来说，非常优秀。他会把基本的工作全权交给现场人员，所以很少在工作室里露脸，只有到了关键时刻才会出现。另外，《风之谷》改编为电影以及设立吉卜力都是他决定的，还有在《龙猫》及《萤火虫之墓》困难时期，能让两部作品顺利公映，这一切都要归功于德间社长。可以说，如果没有他就不会有今天的吉卜力。

但是作为经营者，他又如何呢？这时的他则是个四处借钱、事业却屡屡失败的人。不过，他的金钱观很特别。他有一句话我到现在还印象深刻："金钱不过是纸。"我刚听到这句话的时候还不以为然，觉得简直是胡说八道。但是一想到"是吗，原来还有这样的观点啊"，反倒会觉得轻松不少。

问题还在于他使用钱的方式。"钱放在银行里太不值当了，我要把它们好好利用起来。"这就是他的金钱观。

举例来说，他对中国几位值得关注的导演给予了很多金钱上的资助。他还对他们说："你们拍拍战时日本军队在中国是如何作恶的吧。"张艺谋导演的处女作《红高粱》（1987 年）在当时的环境下没法获得投资，我听说德间社长还暗中资助过他。而到《菊豆》（1990年）时就是公开出资了。他还帮助田壮壮导演的电影参加了 1993 年的东京国际电影节。他甚至在生活层面资助过一些中国的新锐导演。因此，即便是到现在还有很多人对他心怀感激。

虽然我做不到像他那样，但一直待在这样的人身边，总会受到影响。特别是某段时期，我被任命负责对接银行那边的业务，因此经常跟着德间社长往银行跑，于是多次目睹了他借钱的场面。不得不说，他借钱的手法还是很有一套的。正如他说的"金钱不过是纸"，这确实是他的一句名言。在花钱方面，我本性胆小，绝不允许预算出现赤字。但有的时候，我想起这句话，也会想"不如置之死地而后生吧"。正是德间社长的影响，才让我有了更加开阔的心胸。

○ "人就是背负着沉重的行囊向前走的"

吉卜力的一大转折点是工作室的建设。《魔女宅急便》大获成功之后，也就是 1990 年，吉卜力改用了全职的雇用制度以及固定的薪水制度，还采取了定期招聘及培养新人的方针。这样做的结果就是吉卜力必须每个月付员工薪水。吉卜力对这个情况的应变方法是维持一种不断工作的状态，也就是不断制作新的电影。第二年，老宫提出要"建设新工作室"。实际上，当时正是《岁月的童话》临近公映而日夜赶工，同时《红猪》也准备开始制作的时候。这就是老宫一贯的做事方式：当他遇到棘手的问题时，就再制造出另一个更棘手的问题，使之前的那个问题显得不那么棘手。换句话说，他是企图用更大的难题打开局面。

老宫提出组建新工作室的理由显而易见，那就是即便招聘了员工，如果没有名正言顺的工作场所，也没法很好地去培养员工。因此有个自己的实体办公楼是很重要的。

但是，理解归理解，在这种非常时期提出组建新工作室实在是不合常理，虽然我内心认为不可能成功，但还是硬着头皮去找德间社长并把这个建议告诉了他。

"社长！"

"怎么了？"

"是这样的，老宫提议组建新工作室。"

"哦，这是好事啊！建吧！"

"但是社长，组建新工作室需要土地还有钱啊！"

"钱啊，银行里要多少有多少啊！"

这确实是句大实话，但以那时公司的情况要找银行贷款并非易事。德间社长了解情况后，说："这确实不容易，让我想想办法。"最后，他成功贷到了款。但是，毕竟在那种情况下组建新工作室不合常理，所以此事遭到了当时吉卜力工作室负责人原彻先生的强烈反对，他留下一句"这个想法本身就是错误的"，便离开了吉卜力。

社长在对我说了"银行里要多少钱有多少钱"后，又对我说："人就是背负着沉重的行囊向前走的。"竟然还有这样的人生观，我记得当时心中涌起一种不可思议的感动。

顺带一提，决定组建新工作室后，老宫可是撸起袖子大干了一场。他在制作《红猪》的同时，还画好了新工作室的蓝图，并反复和建造商接洽，甚至亲自挑选建筑材料。吉卜力的男女员工数量基本持平，但老宫就是不一样，新工作室的女厕面积比男厕要大近一倍。另外，新工作室的绿地也非常多，与之相对应，停车的空间被他刻意弄得比较小，整个就是老宫风格的建筑。

○ 不可思议的孩子气

把文艺作品改编成娱乐电影，是德间社长的一个梦想。1988 年上映的《敦煌》是一部巨制，担任制片人的德间社长用全力去推广这部片子，同一年上映的《龙猫》和《萤火虫之墓》也是由德间社长担任制片人。之前已说过，《龙猫》和《萤火虫之墓》与发行公司的交涉十分困难，是因为德间社长采取强硬措施才得以顺利发行，他直接冲到了发行公司，强硬表态："如果不发行这两部片子，《敦煌》也别发行了。"最终，片子才得以顺利上映。德间社长就是这两部片子的恩人，但他的心思主要还是放在了《敦煌》上。

《龙猫》和《萤火虫之墓》的上映时间是 4 月，《敦煌》则是 6 月。最终结果是，不仅《龙猫》拿下了几乎所有电影奖项，《萤火虫之墓》作为文艺电影也获得了很高的评价。但是对于社长来说，《敦煌》才

图为铃木敏夫与矢野显子的合影。继三鹰之森吉卜力美术馆独家播放《寻找栖所》之后，又确定由她担任《崖上的波妞》的配音。为每部电影寻找与人物形象最契合的配音演员也是制片人的工作。

是他最重视的片子，不只希望能叫座，还希望能叫好，再说这也是井上靖的代表作之一。然而，到最后是《龙猫》拿下了几乎所有的奖项，对于社长来说，他当时的心情一定是五味杂陈的吧。

也许是因为有了前车之鉴，《红猪》快要上映时，他的举动令人大吃一惊。继《敦煌》后的文艺巨作《俄罗斯国醉梦谭》也预计于同一年上映，德间社长竟然把该片的上映时间安排在《红猪》的前边。《红猪》的上映时间早前就已定在 7 月 18 日，而社长则特地把《俄罗斯国醉梦谭》安排到 6 月 27 日，这在一般情况下根本不会发生，因为社长是《俄罗斯国醉梦谭》和《红猪》的制片人，他在两部片子里都投了钱，肯定是希望两部都能热卖，所以应该把上映时间错开。但他没这么做，反而特地把两部片子排在相近的档期，又把《俄罗斯国醉梦谭》放在《红猪》的前边上映，明摆着是想要用《俄罗斯国醉梦谭》挑战《红猪》。

他作为堂堂的社长，竟然要挑战公司的一个职员，这根本不是经营者该有的心态。但是，如果站在制片人的角度来看，他的心情也不难理解，但未免也太孩子气了。

○ 来决一胜负吧

继续说下《红猪》上映前后的事。

德间社长的挑战姿态不仅体现在决定影片的上映时间上，还体现在一切可能的场合。一天，有个关于《俄罗斯国醉梦谭》的大会，他让我参加。由于《俄罗斯国醉梦谭》制作手笔很大，电通、大映等公司都投了资，在这些投资者都参加的大会上，德间社长竟然用了至少30分钟讲这部影片会如何改变日本的电影史。然后，他突然点我名："铃木，你对我刚说的话作何感想？"

我当时正在角落里，突然被他这么一问，一下子不知说什么好。然后，我什么都还没说呢，他突然又抢先说道："我来说说你心里是怎么想的吧。你一定是希望《俄罗斯国醉梦谭》这部巨作冷场，希望《红猪》热卖吧！"

很过分吧？明明是同一个公司的人，而且他还是《红猪》的制片人，竟然在有其他公司社长参加的大会上说出这样的话！我没有办法，只好附和道："是的，如您所言。"他又说道："原来如此，那么我们来决一胜负吧。""啊？"我不禁愣住了。

还有这么一件事，当时我正在日本电视台为《红猪》的宣传和电视台的人开会。这时，德间社长打来电话。那是个30多人参加的会议，其中还有电视台的管理层。德间社长指名一定要让那个电视台高层接电话，没有办法我只好把电话给了那个人，只见他边频频点头边说"是、是，好、好"，待挂了电话，一问才知道，原来刚才德间社长在电话里批评他"不宣传《俄罗斯国醉梦谭》，光顾着《红猪》"。这根本不是经营者做得出来的事，真是有意思！

两部电影终于上映了，《红猪》获得了压倒性的胜利。令人难忘的是，上映后不久，我接到德间社长的电话。一开口，他就说："你赢了很高兴吧！"在那种情况下，我自然是不可能回答说我很高兴，如果直接回答"如您所言"就太失礼了。好在我早就想好了如何回答他："我觉得是因为《俄罗斯国醉梦谭》的宣传策略出现了问题。"然后把理由一一陈述给他听，还对他说："要好好调查一下来看片的观众对哪部分最为感动，然后灵活地进行宣传才行。"听了我的话，德间社长也非常坦率地说："你说得确实有道理。我明白了，现在就去实施。"

○ 令人目瞪口呆的全员大会

吉卜力的作品中，票房成绩最不好的就是高畑的《隔壁的山田君》(1999年)，大概是15.6亿日元。对于一般的影片来说，这样的票房成绩可能还算过得去，但是，由于大家对这部片子期望很高，所以这个数字多少令人感觉不理想。

实际上，还有一个不利因素影响了片子的票房，那就是发行方是松竹公司。对于电影来说，选择什么发行方对票房的影响很大，甚至会对影片是否卖座起到至关重要的作用。论普及力，无论是当时还是现在，都是东宝公司占优势，但因为德间社长和东宝的人有过节，所以只能选择松竹。当时松竹的实力还很弱，而且经营者是新手，上映的影院只有关东和日本北部，大阪以西都没有上映。就是在这种情况下，《隔壁的山田君》上映了，也许从一开始就注定了票房惨淡的结局。

造成这个结果当然要归咎于德间社长。他的一时意气，导致没有让东宝担任影片的发行，德间社长也非常清楚这一点。开全员大会的那天早上，他把我叫去他的办公室。

"小敏，《隔壁的山田君》的票房很惨淡啊。"

"很抱歉。"

"不用那么说，这全是我的责任。如果让东宝做发行，结果肯定和现在完全不一样。"

全体大会一直是德间书店的惯例，每月一次，全体员工都要出席，参会的有两三百人，在会上，不但社长要发言，还会让一些员工起来发言。由于已经到了要揭晓《隔壁的山田君》票房成绩之时，他坦承："都是因为我选择松竹做发行才会有这样的结果，我觉得这件事也应该跟小敏你讲一下。"然后，他又说，"差不多该开会了，我们也快过去吧。"

进了会议大厅，你们猜社长一开口说了什么？他说："吉卜力至今为止一直都是百战百胜。这次的《隔壁的山田君》是吉卜力的第一次惨败，责任全在铃木身上！"

我很了解他常会发表些出人意料的话，但这一次，我还是大吃一惊。而且，接下来是我发言，他还特意说："接下来铃木要说什么呢？我很期待。"我的天哪，真是叫人目瞪口呆。

原来他是有备而来，先特地在全员大会前把我叫过去向我道歉，上台之前他还特地语调轻快地对坐在旁边的我说了句"我去去就回"，而现在竟然破天荒那么大声地斥责我。

我只好硬着头皮站到台上："我接受刚才社长的指责，事情正如社长所言，从中我再次学到了做好营销工作的重要性。跟出版书籍一样，选择电影的发行方也非常重要，无论多么好的作品，如果没有好的营销都是不行的。这一次的事给了我很大的教训。"虽然我没有提到发行方是由社长决定的，但是我想德间社长很清楚我话里有话。

当我结束发言回到台下时，我看到德间社长正笑眯眯地看着我，一副搞恶作剧的孩子模样。实际上，他并不在乎他所说的责任在我，只是想看看我在这种情况下会说些什么，他纯粹是对我的反应感兴趣。不管怎么说，我也算得到了一次锻炼吧。

说到全员大会，我想起了制作《风之谷》时期的事。那个时候，德间书店有很多"知识分子"。社长在大会上奉承起了尾形先生："这个社会变了啊！尾形先生所负责的《风之谷》也好，其他片子也好，全都大获成功了。我还在想，如果是一般的知识分子能做好这样的生意吗？知识分子的时代已经结束了，对吧，尾形？"而尾形先生竟然听得很高兴，真是个直性子的人。

我深深觉得，德间社长、高畑、宫崎、尾形，全都是正直的人，是喜欢搞恶作剧的人，也是有话直说的人，同时，他们还是非常有创意的人，这些都是他们的共同点。

○　德间社长的细心

德间社长虽说给人的印象非常豪放磊落，但其实他也是个非常细心的人。首先就是他影响了我的习惯——每次与人会面后都会把见面的内容记到日记里。而且还不是粗略地写写，所有的谈话内容都有详细记录，即便是隔了很久再次见面，他也会言之凿凿地说：

"你之前说过的那件事啊……"对方一般都会很惊讶，而且很感动你能记得那么详细。虽说有点小心机的成分，但我一直坚持着这个习惯。

我为此感到惊讶是在《幽灵公主》获得成功之后。《幽灵公主》不仅票房成绩好，内容的评价也很高，获得了各种电影奖项。我自然很高兴，但参加各种颁奖典礼也着实让我感到很疲倦，而且很多都集中在3月，所以我打算想办法躲开。

正在我策划如何逃离日本的时候，电视人协会的人来找老宫商量拍一个什么节目，我正好可以搭个顺风车离开日本。他们打算让老宫参加一个叫作"世界心之旅"的企划案，重走圣·埃克苏佩里[1]当邮差飞行员时的线路，就是从法国出发到西班牙，再到北非。

要说过程中什么事最有意思，当数乘坐复叶机了，就是一种由安东诺夫设计局生产，用来喷洒农药的飞机。那架飞机最高时速只有200公里，如果遇上强风必须停下。看着破破烂烂的小飞机，一共能坐9个人。老宫说想从五十到一百米的高度向下俯瞰，所以倒是正好。于是，我们就这样在没有任何计划、完全不知道接下来要住哪里的情况下起飞了。当我们在摩洛哥上空俯瞰阿特拉斯山脉时，老宫说："这辈子再没有比这次更开心的旅行了。"这确实是一次令人心旷神怡的旅行。

我们最初到达的地点是法国的图卢兹，正准备去参观圣·埃克

---

[1] 圣·埃克苏佩里：飞行家、作家。著有《小王子》。

苏佩里故居时，德间社长打来电话。

"怎么样？旅行顺利吧？"

"是的，非常顺利！"

"那就好！"

然后我告诉他："明天开始就没法联络了。"因为我们的飞机遇到风就得迫降，所以什么事都没办法提前定好，这个理由听着非常有说服力。"原来如此，那你们放松享受吧。"他说道。实际上，我是算好了的，这些日子会有哪些颁奖典礼或者有什么会议，所以我打算利用这次旅行避开。

后来，我们平安回到了日本。一回来，我就被德间社长叫了过去，他不看任何笔记就把我不在的时候所举行的会议及需要参加的颁奖典礼一一列举出来："你在哪里哪里的时候，几号几号有哪些哪些会议。"我大吃一惊！要知道，他可是什么都没看就直接说了出来的，然后他说："这都是你计划好的吧？我的眼睛可不是摆设！"看来他是真的生气了。"我早就知道你的企图了！你以为谁会替你去参加这些颁奖典礼？都是我！"在旅行途中接到他电话时，听上去态度温和，根本没有感觉到一丝生气的意思，怎么一回来会这么暴跳如雷，我一直没想明白。

不过面对这种场合我也有经验。我采取了转移话题的对策："社长，您不看笔记就能把这些事都记住啊！不愧是社长啊！您预习过吧！"当然我心里真的很佩服他能把那些日程都背下来。

○ 晚年时期的交往

德间社长去世前的 3 年里，总会在傍晚叫我出去见个面。除非他已经和其他人有了约定，不然他一定会让秘书打电话给我。也就是说，我是他吃晚饭的伙伴。大仓饭店里的"山里"餐厅是他常去吃饭的地方，我也常在那里和他见面。这可苦了我。早上，我和他一起先去公司，再去位于小金井的工作室，如果他傍晚叫我，我又要跑去新桥，吃完饭后再回吉卜力。虽说有点体力不支，但因为德间社长的谈话很有意思，我也学到了很多东西。那是我人生中一段宝贵的经历。

对了，德间社长也很受女性青睐。这不是我直接听来的，而是一个女性从别处听来告诉我的。据说，有人问他："当你被人爱慕、被人追求时，你会怎么做？"他的回答很有意思："不好办的时候就打个滚儿吧，打着滚儿从上面碾轧过去。"具体要怎么做、该怎么打滚，我也不是很明白，但听了他的话似乎有种茅塞顿开之感，心情也轻松不少。

七

"小公司才能制作出好作品"

——"小工厂"吉卜力

图为《崖上的波妞》的上映纪念展板，铃木敏夫为书店门口展板画的。上面宫崎骏
导演步履蹒跚的画像令人印象深刻。

"在预算与日程的基础上，每一部作品都倾注全部精力，仔细审视每一处细节，追求精益求精的内容"，这是吉卜力一直以来的目标。并且，吉卜力由于拥有宫崎骏和高畑勋两位导演，实行的是"导演中心制"，一切的指示都由导演下达，导演的决定拥有最高的权威性。而吉卜力工作室这10年以来，对于如何在商业上成功的同时经营一间工作室，这一两难的课题，则全是靠两位导演的卓越才能与各位员工的努力，才创造了如此杰出的历史。

　　说实话，谁也没想到吉卜力竟然能存活到现在。"我们制作一部电影，如果它成功了，就再做下一部。如果失败了，这个工作室就得解散。"吉卜力设立之初就是抱着这样的心态出发的。因此，为了降低风险，吉卜力并不招聘固定员工，而是根据作品招募70名左右的人员组成工作组，当电影完工之后，小组随时可以解散……

　　制作好电影是吉卜力的首要目标，而公司的维持与发展反倒是其次，这和一般的公司不一样。

——《吉卜力工作室十年史》，1995 年

○ 用"八卦"的精神去窥探

重新审视自己，我发现我常常是以"八卦"的心态看问题的，明明是当事人，却把自己放在旁观者的位置上。对于一般人来说，"喜欢八卦"不是个褒义词，但我觉得这个词很好。因为喜欢八卦的人基本上都有旺盛的好奇心，而且很善于捕捉事物。

说到这个我就想起日本电视台的氏家齐一郎先生。2008年5月，他已经82岁高寿，可是他对世界仍抱有强烈的好奇心，将全部注意力都集中于"洞察现代社会"这一点。他原先是《读卖新闻》的记者，或许是八卦精神，或许是内心的记者魂，让他总是在关注事态将如何发展。我和他意气相投，可能也是因为我们在这一点上很相似吧。说到这儿我又想起我在堀田善卫的《广场的孤独》中看到的一句话，或许我的理解有误，但我非常赞同他说的："我们能够站在第三者的立场上看问题真好！"

常会有人问我："你工作时有压力吗？"我认真想了下，基本没有。在考虑吉卜力该何去何从的时候，我也像是在考虑别人的事情一样。因此，我不会太动感情，通常能够冷静地考虑问题。令人意外的是，这竟是一种非常重要的资质。很感谢把我生养成这种性格的父母。

○ 可能这是最后一部了吧

借着《风之谷》的成功，吉卜力工作室于1985年成立。在很多人看来，自那以后，吉卜力的发展就一直一帆风顺。但那只是外人看到的结果，实际情况并非如此，或者说是恰恰相反。与电影相关，特别是与发行相关的人，从来都只觉得吉卜力不知何时就要关门了。他们的宗旨也是确保票房能有前一部的几成就好，一旦数据不行了，就赶紧收手止损。"如果这部成功就继续做下一部，如果失败就关门"这话可绝对不是说说而已，吉卜力工作室一路走来都是与失败的风险同行，在《龙猫》和《萤火虫之墓》大获成功之后，我深刻感受到这种状况。有与电影相关的人明确也对我说："这也许是吉卜力最后的作品了吧？！"因为观影人数一直在减少，《风之谷》的观影人数是 91.5 万人，《天空之城》则是 77.5 万人，而《龙猫》的观影人数只剩下 45 万人（第二次上映时是 15 万人），只有《风之谷》的一半，所以才会有人说"这就是最后一部了吧"。

我当时非常惊讶："原来别人是这么想的！"在此之前，我想的只是如何制作出好电影，完全没有关心过电影的票房成绩。但是，正因为内容方面必须经得起品评，才能吸引观众到电影院观看，获得好的票房成绩。虽然这个觉悟来得有点迟，但我从那时起深刻意识到了电影宣传的重要性，开始认真关注电影的宣传工作。

○ 最重要的是名字

在考虑宣传方式的时候，我注意到电影的名字在宣传中占据着很重要的位置。因为名字决定了电影的方向，有的时候甚至是宣传电影最好的广告，这可能也与我曾担任杂志编辑时所获取的经验有关。一篇特辑的题目，完全可以左右杂志的销量。只不过，正因为题目揭示了作品的方向性，所以一定要谨慎对待。或者应该说，只有当题目显示出了作品的强大，才能成为宣传电影的好广告。我从制作《风之谷》时期便开始有意加重了这一点（《电影道乐》，2005 年）：

在制作《风之谷》的时候，关于电影名称也曾发生过争执。当时负责电影宣传的德山雅也先生认为"风之谷"这个名字肯定卖不好，要把名字改成"风之战士"。我跟他大吵了一架。东映那边负责发行的人以德山先生为首，态度强硬地坚持这一要求，为了说服他们，可花了我不少时间。因为名字关系到电影本身，坚守这个片名，就是在坚守我们自己想做的作品。一旦妥协就会前功尽弃，所以我不妥协，坚持和他们交涉到最后上映。

老宫起的名字中，最棒的要数《红猪》。系井重里先生一看到这个名字，就评论说："铃木，没有比这名字更好的宣传了！"可见，电影名字至关重要。

起好了名字，接下来就是如何让更多的人知道这个名字。当时大家讨论的中心就是"特别赞助"的问题。如今，特别赞助对电影制作来说已经是司空见惯的事了，可以说电影的演员表后面必然会跟着"特别赞助××"的字样，但吉卜力的作品不一样。特别赞助都是在制作费方面有所出资的，然而吉卜力作品的宣传却仅限于与金钱无关的协助宣传和联合广告等形式。所以这里大家想的其实是"捆绑宣传"，也就是打着"特别赞助"旗号的"捆绑"。如果连制作费都让人家参与了，之后就很难再做到独立自主，所以才要限定最多只能在宣传方面合作。不过原来在制作《风之谷》和《魔女宅急便》时，我还没有考虑得那么仔细，后来又对那样的方式进行了反省。

即便是仅限宣传用途的特别赞助，对于我们来说好处也很大。在业界，大家都知道新商品的宣传费大约需要 10 亿日元。其中，"让观众记住商品的名字需要 5 亿，知道商品的内容还需要 5 亿"。我们也是一样，既然要让尽可能多的人来看电影，就必须通过宣传让大家记住片名。这种情况下，电影宣传就和新商品的宣传一样，但那样的金额无论如何也是拿不出来的。如此一想，企业愿意给我们宣传就已经感恩戴德了。同时对企业来说，扶持吉卜力作品也能提升自己的企业形象。于是，我们和日本电视台等企业形成了宣传合作的关系，我们一次一次地与各个企业进行交涉，寻求宣传赞助，以此来创造一种最适合该作品的宣传协助模式。

○ **宣传《平成狸合战》时的主张**

关于电影名字发生的争执，我在前面也举了《平成狸合战》的例子。因为电影的名字关系到对作品方向性的展示，所以争论名字通常是在大家对名字的把握不够自信之时，而且这种时候不仅是为起名感到迷惑，更重要的是大家的紧张感不足，这是最要不得的。因此，我以制片人的身份把我的决定做成文书，散发给了包括东宝以及日本电视台在内的共 20 个与电影宣传相关的人（《菩提饼山万福寺本堂羽目板之恶戏》，1994 年）：

记者会的消息没有在第二天的报纸上大版面地刊登，这只是偶然吗？答案是否定的。社长以下的人在发言时都是一味地为吉卜力作品感到骄傲，最后还说出了"票房目标是至少30亿，甚至是50亿"这种骄傲自大的话，连原先做记者的我都不想支持。这就似乎是在对媒体说："随便你们怎么写。"为什么大家就不能说些谦逊的话呢？比如："我们制作了非常有意思的电影，希望大家能支持我们，让更多的人来观看。"但是上台的人没有一个这样说。该说大家是鬼迷心窍了吗？

记者见面会后，前来采访的媒体也没有像以前那样蜂拥而至，相反，几乎没有媒体前来采访。这绝对不是偶然，如果上台发言的人能够察言观色，不说"希望大家支持我们的作品"，而是说"借助大家来提高作品的关注度"，那么，情况必将大不相同。

之前我忘记说了，在这里我想强调一下，吉卜力作品最大的魅力就在于它总是能给观众带来新鲜的感受，总是能给大家出人意料的感觉，因此在宣传的时候也要强调这一特点。这次的电影（《平成狸合战》）也是一部新鲜的企划。为什么在记者会上没有向大家传达这一点呢？是因为没有具体的宣传方针，还是因为大家有"只许成功不许失败"的压力？

我们回过头来看看以前，《魔女宅急便》讲述的是青春期女孩的故事；《岁月的童话》是以27岁女性为主人公的女性电影；《红猪》是强调与宫崎骏以往电影的不同，在内容上宣传为"成年人的爱情""儿童不看也没关系"。冷静来看，无论是哪一部，都是冒险的尝试，但这也恰恰是我们成功的关键。

之后，我又毫不犹豫地继续强调了《平成狸合战》的魅力，必须在名字中强调它的"古灵精怪"。无论如何，我们最怕听到的话是"吉卜力太陈旧老套了"及"看腻了"，而是让大家觉得新鲜的力量就在这部作品里，我们要正面强调这一点。我想说的是吉卜力的魅力就在于"挑战"！

但是，我今天再读以前写的这些东西，仍然能感觉到自己那时的年轻气盛，没有仔细推敲就一气呵成地写了出来。最后，还在文章结尾处引用了以前写过的论文，主要是想再一次强调作品的出发点。

提到电影宣传，大家马上想到的肯定是一部讲述狸猫变身以及很多妖怪活跃的喜剧电影，或者是一部日本有史以来最大的描写狸猫与人类作战的令人捧腹的动画，还有人会说这是一部影射人类破坏自然的电影，也有人说这讲的是呆呆傻傻却又很可爱的狸猫努力生存的故事。因为这部电影里的元素很丰富，这些说法都看似正确，但哪个才是最好、最能概括影片内容的说法呢？哪个才是最有效的宣传呢？这就要另当别论了。

虽然电影的名字里有"合战"这个词，但电影内容并不是讲述狸猫变成战斗集团与人类作战，最后壮烈牺牲的故事；狸猫的幻术也并不是为了让大家在捧腹大笑的同时，感叹幻术多么了不起。归根到底，狸猫虽然努力了但还是没有取得任何成果，最后只能傻傻地等待灭亡，呜呼哀哉。其实认真作战的只是狸猫一方，也就是说，狸猫其实从头到尾只是在唱独角戏罢了。很多观众可能看到这里，才会生出许多感慨。

○ 说话要果断

从《平成狸合战》之后，我再一次认识到了宣传的重要性。因此，从1990年开始，在每一部作品宣传时，我都会撰写关于影片的宣传文案。这么做首先当然是为了统一宣传的意见，其次则是为了以此说服出资方及发行方。

特别是发行方总是以消极的眼光看待作品，或者说他们对作品总是抱着半信半疑的态度。他们关心的就只是"这部作品能确保卖到之前那部的几成"。无论是老宫的作品还是高畑的作品，他们都是如此。所以，当他们看到《平成狸合战》是一部讲述狸猫的电影后，都觉得很不放心。这种时候，如果我的态度不够强硬，说话不够果断，就不能说服他们。

我无论是撰写宣传文案还是做口头说明，基本上都会采取肯定且果断的态度。不管怎么说，作为领导，我在讲话中不能有含混不清的内容，不然大家都会觉得无所适从。

其实我原本是个优柔寡断的人，因此在得出结论前，会相当烦恼，不过，正因为决定之前反复思索过了，所以一旦我做出了选择，就不会再犹豫。其实任何事都一样，不可能有百分之百正确的事。打个比方，一般来说都是80%~90%的正确率，最极端二选一的概率可能是 51%：49%。也就是说，你会觉得这个可能更好，但是又对自己的选择没有自信，而且这种时候你往往没有足够的时间去比较或者考虑如何拿捏，你必须在一瞬间做出反应。但是当你做出选择后，就要用百分之百的信心传达出自己的想法。表达就是需要你对自己的选择百分之百地确信。但是说归说，你还必须具有将其付诸实践的能力。

不过在现实中，选择并不一定总是正确，这时就需要你在实践中不断修正原来的想法，并且你还要好好地向大家道歉。可如果你一开始就摆出"我没有多大把握，大概……"这种态度，是没法去说服大家的。也许对有的人来说，把 51% 的把握说成是百分之百会给他们带来很大的心理压力，不过我倒觉得没有多大关系。

○　**开会的方法**

在重新认识宣传的重要性后，我就会在组织会议时特别留意这方面。特别是制作《魔女宅急便》和《岁月的童话》时，我在会议上得到了意想不到的主意，真是令人高兴。至今我开过的会，数都数不过来。但我认为开会的方法都是共通的。我想在此简单列举一下。

"高兴地开会"——怎样都是开会，就不如高兴地开会。我也希望参会的人能在会后觉得会议"很棒"，不然不会产生好的想法，也不会产生好的作品。而且，会议经常开到深夜，占用了大家的休息时间，如果不能让大家感到开心，就太对不起大家了。

"让年轻人参会"——我们的会议一般不只是吉卜力的人员参加，还有日本电视台、博报堂、电通等公司和电影有关的人参加。把各家公司的人召集到一起本身也是我故意为之。我会对那些公司的人说"今天要在公司开关于什么什么的会"，请他们"带年轻人出席"，是不是专家都没有关系，很多想法都是年轻的没有专业经验的人提出来的，因此他们的想法往往能帮助到我们。参会的人，既要有知道你想让他提什么意见的人，也要有完全不知道要说什么的人。也就是说，既需要专业的人，也需要外行的人。实际上，我觉得后者才是我绝对需要的。不懂装懂的绝对不行。如果是没有经验但有好品位的人就更好了。这种情况下，我就会向他公司的领导提出"把他借给我"。对于一部作品，如果能找到一个或两个这样的人，就会进展得很顺利。因为获得了很多新颖的建议，宣传的方式方法也会随之改变。

　　"让所有人陈述自己的意见"——无论多小的细节，都要询问全体参会人员的意见，这当然会费时间。有时，为了讨论一个传单的初稿可能都要耗费四五个小时，但这是宣传的基本工作，把基本工作做好了，后边就会轻松很多。这也是我在杂志社工作得来的经验。我记得那时，除了编辑，还有五六十个写手，我就会一个一个地问他们："现在做什么内容比较好呢？"我要做的就是从他们的回答中选择一个方案去实施，当时我认为自己就是从事"请教别人的工作"。也就是说，我一直以来都是从事着类似于指挥交通的工作。实施方案的时候，自然也会让提出方案的人来担当负责人。这样做的好处是，他会非常努力去做，做出来的东西也会很有意思。

"不要预先设定自己的意见"——开会时要确定会议的主题和方向，但是不要预先设定自己的意见，最好是放空自己，去倾听大家的意见。只有这样，大家才会更自由地表达意见，从而说出新颖的想法，我只要听就好了。

至于要选哪一个方案，最后都必须汇总大家的意见，然后我会从中选一个，竭尽所能地说服大家。有的时候会议也因此持续到第二天早上，但这个过程是很愉快的。我并不会叫那些觉得持续谈话是一种折磨的人参加会议，参会的都是自己想要参加的人。

顺带一提，我在会议上并不做任何记录。我觉得不做记录还能被记住的东西才重要。不过，如果客观地做记录，说不定之后再看的话可能会有新的想法。

○ 只有作品好，宣传才有价值

当我们真正开始宣传《魔女宅急便》后，观众人数也比以前的吉卜力作品观众人数增加了许多，获得了巨大的成功。之后的《岁月的童话》《红猪》《平成狸合战》也都持续大卖。1995 年，吉卜力成立 10 周年的时候，我们获得了去法国昂西[1]演讲的机会，我们在演讲中宣传了吉卜力工作室。

我事先让人帮我把稿子翻译成英文，我只要照着稿子念就可以

---

[1] 昂西：法国东部的美丽小镇，每年 6 月都会举办国际动画电影节。

了。当天高畑不知为何也去现场听了我的演讲，真是服了他了。他后来跟我说："发音大体还不错，只是在说《风之谷》时把风（wind）说得很像窗户（window）。"他总是这样，关注些无关紧要的东西。（笑）以下是演讲稿的原稿（《吉卜力工作室十年史》，1995 年）：

吉卜力工作室的一大特点是把"电影的风评"与"票房成绩"区别对待。就算吉卜力的志向再高，不断地推出好的作品，但在日本这个对电影行业不重视的国家，迟早也会因为经营问题而倒闭……

最近的几部吉卜力作品都取得了很好的票房成绩，主要的经验大致有以下三点：

第一，当然是作品的完成度高。如果内容很单薄，无论做多大力度的宣传也不可能取得持续的成功。

第二，过去成果的累加。之前作品的成功会带动下一部作品的关注人气，就类似于幸福的连锁反应。

第三，采取切实的方针开展大规模的宣传。只是简单地宣传电影很好，观众却不会买账。想要有所突破，就必须通过大规模的宣传，把电影做成一场活动。比如吉卜力的电影一般都会安排在夏天上映，这就要通过宣传，在全国范围内营造一个氛围，让大家觉得"这是今年夏天一定要看的片子"。因为日本观影人群分类很细，提起动画，大家的第一印象就是孩子看的东西，然而在日本，电影只有赢得了年轻女性群体的关注，才能获得票房上的成功，同时，大规模动员亲子一起观影也是极其重要的。所以，吉卜力的电影在做宣传时，会往老少咸宜的方向大范围地宣传，尤其会突出电影内容非常契合成年人品位的。

因为这是一场面向外国人的演讲，所以我难得整理了一篇总结性的文章出来。"也许大家听了我的话，会觉得我们工作室的进展全都是按照预想的计划进行的，但现实并非如此。有很多事情都是经历了曲折，才有了今天这样的结果。所以，请大家打点折扣来看待我所讲的内容。"但是，其中的"我们一直都很重视作品内容的充实性，这是我们一直以来的追求"这话千真万确。宣传也只有作品内容充实了以后才有存在的价值。

○ 成为转折点的《幽灵公主》

正如我在昂西的演讲中所言，吉卜力的作品所取得的票房成绩越来越好，但在发行方的圈子里，大家并不看好吉卜力作品。"吉卜力 = 期待"这个公式，始于《幽灵公主》（1997 年）的巨大成功。可能现在说出来很多人会觉得意外，其实当初被否定最多的也是《幽灵公主》。

这个结果可能与这部影片的庞大制作费用脱不了干系。昂西演讲后，我和老宫商量，希望能借助《心之谷》的成功方法，踏出新的一步。这个改革计划的第一部作品就是《幽灵公主》（以下引自《电影〈幽灵公主〉的说明资料》，1996 年）：

　　《心之谷》取得了巨大的成功。但是，我们也很烦恼：难道就这样一成不变地继续制作下一部作品吗？

经过深思熟虑，我们最终做出了这样的决定："一是电影上映周期要变成两年；二是要用两年时间制作内容更充实、画面更精细，且必须是谁都没看过的有意思的电影。"我们都觉得这是制作下一部电影必须遵守的原则。

在此之前的吉卜力作品的制作周期实际上是将近一年……制作费中80%是人工费，因此如果要成倍地增加制作时间，相应地制作费也会成倍增加。但是，无论是从内容还是技术层面考虑，抑或是从人为因素考虑，常变常新才能使吉卜力的发展前景变得更为广阔。

但从经营层面上来看，成倍增加制作时间，还把上映间隔增长到两年，这是一个很大的冒险。而且，《幽灵公主》的制作预算达到了《红猪》的4倍，是《平成狸合战》的2.5倍，其中的差别非常明显。因此，这个计划遭到了几乎所有合作公司的反对。我们为了说服他们，花了很大的工夫。记得当时的说明文书上不仅从正面阐述了作品的意义，还针对作品发行的回本工作进行了说明。虽然我觉得既然是电影作品，最好全部靠票房回本，但为了说服银行，还从电视放映权、录像带收入等方面列出了可能收到的经济效益。

即便是说明到这个份儿上，这个方案还是遭到了强烈的反对，据说反对者甚至偷偷地联合起来，计划将我们的方案扼杀掉，这当然是徒劳之举。后来我们把始作俑者拎出来并下发了不允许他再进入吉卜力的通知，彻底与他断绝了来往。有时，实施新方案就需要有这样排除困难的决心。尽管如此，最后《幽灵公主》的观影人数还是超过了原先预计的 400 万人（之前的《平成狸合战》观影人数是 320 万），达到了 1420 万人的盛况，这是我们始料不及的。

真正被发行方看好的是《千与千寻》。但实际上所谓的"看好"也不过是预期能达到《幽灵公主》一半的票房，出人意料的是《千与千寻》再一次刷新了观影人数的纪录，达到了 2400 万人。再后来的《哈尔的移动城堡》（2004 年），甚至让很多包括海外影片在内的作品，因担心与其撞档期而延期公映。

吉卜力的作品票房以前是一向不被看好的，而现在大家对它的期待变得很大。这样的期待实在太吓人了，还是反过来由我们让对方不安更轻松些。

○ **不宣传的"宣传"**

以前，我和日本电视台的氏家先生聊天的时候，他对我说："真羡慕你们做电影的啊。"我听了马上大声反驳他："如果那么简单，我们就用不着忙活了！"他本来就是个会真挚对待别人意见的人，听了我的话他陷入了沉思。

说得偏激点，因为每部片子不同，宣传方式也就不同，如果不能抓住时代的特点，宣传就是不成功的，当然也并非一味地大量宣传就能成功。如果要说宣传成功后我最高兴的是什么，那就是自己抓住了时代的方向。

比如在《哈尔的移动城堡》的宣传期，我就决定了把"不宣传"

图为铃木敏夫所绘的宫崎骏动画中的主人公（《红猪》的波鲁克、《鲁邦三世：卡里奥斯特罗之城》的克拉莉丝、《幽灵公主》的珊）。电影里的重要人物和场面，铃木敏夫都会亲自画，力求抓住电影整体的效果。

当作宣传的基本策略。一般情况下，宣传都是把内容的精髓浓缩后传达给观众。我想，如果反其道而行之，不透露内容，或者说严禁内容外泄，是不是反而会成为娱乐的话题呢？于是我打算把"哈尔开始行动了"作为宣传的唯一内容。

电影上映时的宣传文案上，我是这样写的（《不宣传的宣传》，2004年）：

> 宣传是电影的辅助，但这一次，我不打算做宣传。更准确地说，就是在宣传过程中不透露关于内容的详细信息，也不预先说明主题，这样观众就不会抱着预先知道的内容去观影了，宫崎骏也是这样由衷盼望的。

> 这也是对《千与千寻》时期宣传过度的反省。不过当我们决定按这个不作为的宣传方针进行时，也收到了很多一直给我们提供帮助的协助方的反对声："本来想帮你们做宣传的，你们那么做等于是拒绝我们的好意啊！"我们都竭尽全力，一个一个地跟他们解释，希望得到他们的谅解。

> 到底什么样的宣传才是适度的？我为此和工作室的同事聊过很多，比起拟定宣传的内容，我在这些方面花的时间更多。他们有的说："宣传的量比质重要！"有的说："宣传不过是使观众走进影院的契机罢了。"虽说这些都是比较冠冕堂皇的回答，但是我看到他们回答的时候表情都非常放松。

之所以想推行不作为宣传，主要源自老宫的希望。在《千与千寻》大热的时候，有很多人对老宫说："无论是影片的内容还是电影宣传做得都很出色啊！"这引起了他的注意。于是他到处问员工："是因为宣传做得好才热卖的吗？你是怎么看的？"

不过，虽说这件事是起因，但我也有自己的考虑。恰好那年夏天的影片宣传费用花得不是地方，没有得到相应的票房成绩。我意识到了这点，于是就考虑如何应对现状。经过思考，最后决定反其道而行之，不做宣传说不定反而更有意思。因为如果做了宣传，大家就会有意无意地去看那些宣传，如果这次没有宣传，媒体等就只能把自己的真实观影感受写出来，这样反而会写出很多新鲜的感受，成为更好的宣传。

○ 相信语言的工作

现在想来，我认为制片人归根到底就是灵活运用语言的工作。无论是把必须传达的东西准确传达给与制作电影有关的各领域的人，还是面向前来观看电影的观众，一切都与语言有关。

我原本就习惯把所有不明白的东西替换成能够理解的东西，所以要达到这一点，必须运用语言。

对于这一点的另一个印证，我想起来创作了《福星小子》和《机动警察》等片的押井守导演说过："宫崎骏自从和铃木敏夫相遇后，作品就变得无趣了。"他想说的应该是，因为我，宫崎骏的电影开始有了反映现实社会的因素，所以让他觉得创作的目的非常可疑。我记得我在《读卖新闻》上与他对谈时，他是这么说的（《新春动画对谈》，2004 年）：

押井：《风之谷》这部作品使得动画背负了地球和人类的命运，连描写校园生活的长片漫画被改编成电影时，也总离不开"地球"和"人类"的话题。当时我正在做《福星小子》，就很不喜欢什么地球、人类之类的话题。

押井：这让我觉得很烦，感觉好像被人胁迫一样。

押井：做电影的人，总会有些部分的创作是处于无意识的状态，而他（铃木）会把这部分变成具体的语言，赋予其一个意义。但这样做也很危险，因为讲述电影，其实等同于给这部电影下了定义。

听了押井守的话，我问自己："真的是这样吗？"确实，老宫在那之前并没有创作过什么社会性的作品，但是从结果上来看，老宫这个新的一面还是成功俘获了观众的心，至少我现在会这么想。

不管怎么样，我一直都以"用语言抓住当下"为目标。这一目标的基础则是我与人交谈时积累的语言——不是用本子记下来的语言，而是在不知不觉中记下来的语言，在书写时会一气呵成的语言。

○ 必要的时候也可以撒谎

在我觉得大方向上的正确性得以保证的时候，有时也会说谎，或者对真实情况避而不谈。如果确信能够导致好的结果，并且真的是"说个谎更方便"，我对说谎这件事本身并不会特别纠结。不如说，我自己内心并不觉得这是谎话。

唯有一个谎话一直让我耿耿于怀。当我策划《风之谷》电影化的方案时，博报堂问我《风之谷》的原作册数。我稍微犹豫了一瞬，然后回答"50万册"。这是因为我的脑海中突然冒出一个念头，觉得说5万册或许会让电影企划遇到很大阻力。在数字上如此明目张胆地撒谎，事后总会心虚的。

不过最有意思的要数我和老宫为宣传《千与千寻》去美国时说的谎言。那时有很多电视媒体和纸媒都要采访老宫，我们收到了70多家媒体的采访申请，稍微进行筛选后的数目还是颇为可观，老宫一定会说"我最讨厌这种麻烦事了"。于是我就对他撒了个小谎："有100个采访申请。经过筛选、交涉，现在还需要接受45个采访。"老宫听了没有办法，虽然很不喜欢，但还是接受了这些采访。

接下来我要说的事与其说是撒谎，更接近知情不报。那是发生在制作《心之谷》时期的事情。这部电影，老宫主要是挂名的导演，实际上大部分工作是由近藤喜文完成的。当电影接近收尾阶段，开始进行配音时，我觉得有个地方的剪辑不连贯。

"近藤，这里的剪辑看着有些奇怪啊。"

"可是，宫崎先生说这样就好啊。"

"但是，确实看着很奇怪，不是吗？"

"也是，其实我也有点这么觉得。"

"那就改动一下！"我说。但近藤先生很在意老宫的看法，不同意。于是我说："有问题我负责。至于老宫那边，等电影完成了再给他看。"他虽然同意了，也在这个地方做了改动，但他还是为我说的不要告诉老宫而纠结。我对他说："不要纠结这件事。我们做了我们认为对的事情。你现在对老宫说的话，反而会造成他的困扰。我们两个人知道就可以了。"试映当天，近藤还是很忐忑不安的。不过，老宫看完影片，并没有针对那个地方提出什么质疑。他只是说："很好！很好！"

这件事应该说是老宫的错，但也没必要把事情一件件全摆到台面上来，我觉得只要我们能解决就可以了。老宫终究不是神，偶尔也会犯错。如果我们看到了他的错误，也没必要全都具体指明，只需要改动就行了，这对他来说并非没有好处。

○　**是否需要绘制地图**

作为一个制片人，经常要做的一项重要工作就是画示意图，为了把握事物的大概形态，或是为了确认工作进度，都需要用图来表示。这在某种意义上与绘制地图相同，因为地图也是把握空间、时间的一种体现。

与绘制地图有关的，是我 2007 年经历过的一件有意思的事情。我参加了 NHK 电视台的一个节目《欢迎前辈来课外教学》，回到了我上小学的母校，给小学生们上课。我让孩子们绘制地图，一幅是现实世界的地图，一幅是电影中的地图。

结果让我大吃一惊。因为我是事前说过会让他们画地图的。结果上课那天，他们全都带了真正的地图或是从电脑里打印的地图来。这样就没意思了，于是我让他们现场绘制地图，但是几乎没有一个人能画好。

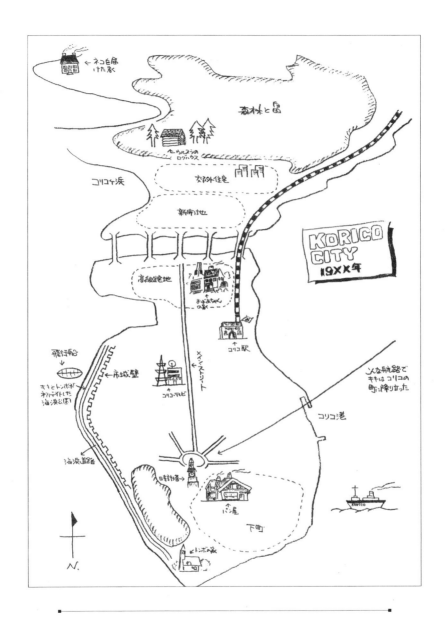

图为铃木敏夫手绘，后来成为《魔女宅急便》故事背景的城镇地图。无论是呈现现实状况还是幻想中的世界，画地图都是制片人的一项重要工作。

更令我吃惊的是，当我让他们画"自己喜欢的地方的地图"时，他们几乎异口同声地回答"没有喜欢的地方"。最后，他们大都画了自己家附近的超市或是便利店，还有小部分勉强画了公园。因为他们一般都是学校和家两点一线的行程，很少会绕弯去别的地方，而且他们基本上都记不住沿路有哪些建筑。因为没有兴趣，自然记不住。

他们对距离的感知也很有意思。他们画着画着，就会发现纸张容不下了，有的只能画上半部分，有的画到了纸外面。我一个一个地找他们聊，结果发现这些六年级的孩子，在这之前从来没画过地图。最后只有一个孩子把地图完整地画了出来，但这也实属例外中的例外。

第二天，我让他们画电影里的地图，结果与之前完全不同。大家先是非常认真地观看了《魔女宅急便》，接着开始画地图。这一次他们都非常认真，画出来的地图也都很好。我从中挑了两个女孩画的地图贴到黑板上，告诉大家："有谁看到不对的地方，可以上来纠正。"话音刚落，就有好多孩子举手。我让几个孩子上来改，最后，已经跟我画的地图相差无几了。

这让我心情很复杂。画不好现实的地图说明孩子们对自己生活的街道并没有什么现实感受，但对于电影中的地图，他们都很积极地去画，而且都画得很好，甚至连电影里的台词都能记得很清楚。比起现实，似乎电影里的世界离他们更近。之所以造成这种状况，我们成年人也是有很大责任的，因此我的心情很复杂。

总之，对于制片人或是编辑来说，画示意图是工作的一部分，所以必须锻炼自己的这种能力。只要抓住了大体的构图，细节部分也就容易填充了。

○ 出发点是什么？

吉卜力工作室原本就是为了制作宫崎骏和高畑勋的电影才组建的，这是个为了实现想做的事才成立的公司。一方面吉卜力作品取得了现在的成绩，也发掘了很多以前没有想过的可能；但另一方面，作为一个公司，它的经营问题也随之而来。这种时候该如何考虑呢？

我的回答非常简单："只要是为了好作品的制作，可以尽可能地利用公司的资源。"物尽其用，所以我就要尽可能地去用。而对于如何把公司做大，我完全没有兴趣。"做自己喜欢的电影，还能够一点点地回收成本，如果同时公司还能活得久一些那就太幸福了。"我就是这么想的，并且这个想法直到现在也没有改变。我们对公司的期待就是让它成为"技术很好的中小企业"，以前我也就此发表了一些看法（《〈千与千寻〉战胜了迪士尼》，2002 年）：

> 对于迪士尼来说，他们的动画只在一个国家不能位居票房榜首，那就是日本。他们本以为自己的动画到了日本会取得相当于其他国家票房的两倍甚至三倍的成绩，可是结果并非如此。于是他们便想和制作了《幽灵公主》以及《千与千寻》的吉卜力工作室共同制作动画。迪士尼和梦工厂相继向吉卜力工作室

发来了邀请。即便是现在，我们也没有这个打算。因为我们认为，我们和他们之间，无论是在生活、风俗还是习惯上都存在巨大的不同，而且创作手法也有很大的区别。另外，我们也一致认为小公司更能制造出好作品。

我去迪士尼参观过，那儿根本不是工作室，可以说是一个巨大的工厂，听说光是技术人员同一时期就有千人之多。单从规模上来看，吉卜力和迪士尼的差距确实很大。不过，在实际制作动画的流程上就没有那么大差距了。决定性的差异，还是在于企划的准备阶段。

实际上，公司如果不扩大经营，是非常难以维持的。再加上母公司是大债主，我们常常不得不在经营上努力。但是，如果只是一味地追求企业经营上的成功，就有点本末倒置了，还会使吉卜力的魅力尽失。我常说："如果不能制作出好作品，那么，吉卜力倒闭了或许更好。"在我看来，如果没有这样的觉悟，吉卜力无法守住创业之初的理念。

我认为吉卜力的原点还是"挑战"。如果只是规规矩矩地做一些保守的东西就太没意思了。我想让每一部作品都与之前的截然不同。从《幽灵公主》开始，吉卜力的作品推出频率变成两年一部，也是从这一理念出发。2008 年，高畑 73 岁，老宫 67 岁，我也 60 岁了，但是我们的理念没有变，我们还是和最初一样，处于创作的探索期。

正因如此，吉卜力宣传部长西冈纯一常对别人说的话是："你永远不会知道这个公司每天会发生些什么。正因如此，你每天都会很快乐。"这个说法其实没错，每天真的都会发生些什么哦。所以的确是很有意思。如果能一直这样继续下去，也是一种幸福啊！

○ **制作电影的公司**

在此我还想强调的一点是，吉卜力是一个"制作电影的公司"。也许很多人认为这还用说吗，但这并非他们想的那样简单。

过去，人们一提到看电影，首先想到的就是去电影院看，因为这是当时看电影的唯一途径。但现在与过去大不相同了，现在电影都会发行DVD，甚至有的还会在电视上播放，大家还可以买到与电影人物相关的周边商品。吉卜力出于种种原因也不能免俗，作品也涉及了这些领域，但是这些方面不断发展壮大的同时，就很容易忘记"制作电影的公司"这个身份。实际上，据我所知，很多其他的电影公司都有本末倒置的情况。

经常可以看到在讨论电影作品时会使用"contents"（内容）这个词，我非常不喜欢这个词。我不想用这种片假名组成的外来语来替换原来的词，即便会被说不够成熟，我也还是愿意称之为"作品"。不然的话，电影作品就变得和DVD、电视播映或是电影人物周边等商品等价了。我觉得电影作品和这些商品有先后顺序之分，只有当作品广受欢迎，才有之后的这些商品。如果一开始就以制作这些商品为目标，就不能把它叫作"作品"了。

顺便提一下在吉卜力美术馆里播放的短片电影。现在一共有6部短片只在吉卜力美术馆里播放，如果不来美术馆就看不到它们。一般情况下，这样的电影都会被制作成 DVD 在商店里售卖，但我们没有这样做。不来就看不到，这不就和过去的电影一样吗？在现代社会，很多东西都能方便地买到，于是我们就想小规模地反其道而行之。

○ **到哪儿都行的专业人才**

我每年都会对新进员工说这样的话："不要觉得你们进了吉卜力就万事大吉了，我不想要这样的人当员工。请成为一位专业人士。"我说我希望他们懂得，既然选择了动画人这条道路，就要努力让自己成为一名无论到哪里都能起作用的动画人。也就是说，要以他们个人的名义来工作。如果不想成为一名专业人才，只是变成一个埋没在公司里的普通员工，工作会变得很痛苦。其实作为一个会说出"公司要是没必要存在，就应该倒闭"这种话的人，我这么讲也是因为不想对他们的人生和生活承担责任，算是一种逃避吧。（笑）

曾经有个时期，工作室按照老宫的要求休假半年。事情是这样的（《〈千与千寻〉战胜了迪士尼》，2002 年）：

吉卜力从 8 月 1 日开始休假半年。也就是说，到第二年 2 月 1 日开始宫崎导演的新作品制作期之前，工作组就地解散。在此之前，即便是日程表上有了空闲，大家也会忙着做电视宣传的事。但这一次，大家可以有半年的空闲时间做自己想做的事，只要在第二年 2 月 1 日精神抖擞地回来上班就可以了。薪水按照

136

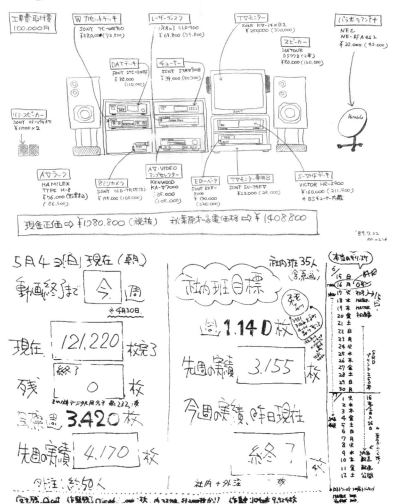

[上图]宫崎骏导演在信州建房时，让铃木敏夫负责全部的建造事宜。图为铃木敏夫设计的影音播放组合。铃木敏夫常会按照导演的要求做很多五花八门的事。

[下图]制作《幽灵公主》时的进程安排表。因为时间紧迫，铃木敏夫每天都要在白板上记下数字，然后给宫崎骏导演看。

平常的三分之二发放。

我常对年轻人说，在吉卜力工作并不重要，重要的是让自己成为适用各处的专业人才。因此休假期间，我也对他们说，可以去别的公司工作，如果觉得比较好，不回来上班也可以。有人替我担心这样会造成人才的流失，但我觉得，只要吉卜力的策划案有意思，大家自然会回来，这也正是吉卜力取得成功的地方。

实际上，有很多人离开吉卜力后，也在业界取得了卓然的成绩。有才能的人也确实比较希望能去外边闯荡一番，试试自己的身手。

当然，有时，我也会对一些人的离去感到惋惜，希望他们能留下来。但是，一般来说，只要他们有走的意思，我就不会阻止他们，会愉快地送走他们。

○ 有关专业人才的逸事

还发生过这样一件事，我们暂且把他叫作 A。他在吉卜力工作了十几年，是个无论到哪儿都会受欢迎的一流绘画人才。有一天，他突然对我说他想辞职："在吉卜力，我学到了很多东西，但同时也失去了很多。如果我继续留在这里，会变得一事无成，因此我想去别的地方工作。"仔细询问后，我发现他辞职的理由是出于一种专业人士的气节："我特意把一张图画得很烂，但宫崎先生却没有进行检查。检查不出问题的宫崎先生已经退步了。我也没有继续留在这里的意义了。"

我们最后并没有闹得不欢而散，所以我偶尔会请他回来帮忙。我现在能想起来的是发生在创作《隔壁的山田君》时期的事。也许大家没有注意到，《隔壁的山田君》克服了对动画制作来说非常困难的一点。如果大家看过它的连载漫画就会明白，在这部作品里，人物的头都很大，基本上就是二头身。这样的人物如何让他们动起来，让人颇费脑筋。因为人物的脚很短，动作总是很不自然。当时负责《隔壁的山田君》的是很有绘画才能的一名员工，我们暂且叫他 B。他画了"爸爸喝醉了，摇摇晃晃地走进来坐在矮茶几前"的画面。那么短的腿要如何表现坐下的动作呢？如果是技术不娴熟的人，肯定会让画面的不自然更加显眼。能把这个画面画好的人，在吉卜力也为数不多，B 就是这为数不多的人之一。但同时，A 的绘画技法也很高超，B 希望 A 协助他完成这个画面的绘制，结果 A 连声说着"我不行我不行"逃走了。不过，A 对此还是很感兴趣的，他问 B："你是怎么让他走起来的？" B 伸出两根手指，将其当作人物的腿，摆弄给 A 看："就是这样走的。" A 看了说道："原来是要这样做啊！"两个人交流就仿佛古代习武的人切磋似的，让人看了觉得很有意思。这就是典型的专业人士之间的交流吧。

A 绕了一大圈，结果还是回到了吉卜力工作。他是个很有能力的人，但在吉卜力外面，能让他发挥才能的地方很少。因此，我曾经邀请他再回来做正式的社员，但被他拒绝了："当初是我自己决定离开的，现在又若无其事地回来工作，我觉得不大好。"最后怎么样了呢？其实吉卜力一共有 4 个工作室，只有第四工作室离其他几个工作室比较远，是在车站对面租的一个地方。这是我的主意。每个公司里大概都会有这么一些工作能力非常强，但作息时间无论如何都没法跟大家保持一致的人。他们无法做到朝九晚五地上下班，所以第四工作室就是专门为这些人设立的，A 也在这间工作室工作。这次在《崖上的波妞》的创作上，A 发挥了很大的作用。

设立第四工作室是吉卜力为了留住一些人才而采取的手段，除了每两年招一次新人，我还会常常考虑如何引进新鲜血液，如何招募到已经在其他地方做出成绩的人。这么做主要是因为技术上成熟的人才大多上了年纪。

即便是到现在，老宫很多时候依然还亲力亲为地绘画。他最关心的是吉卜力里有没有人比他画得更好。他现在还需要自己画画的原因是工作室里还没有人的画能让他觉得比他画得好，这对他来说是件很矛盾的事。一方面高兴于自己的能力还很强，另一方面又很遗憾还没人能够超越他，这样的状况一直持续到现在也没有改变。

○ 唯才论不足以支持公司的经营

要创作电影当然需要有才华的人，但同时，也需要踏实的人。实际上，仅仅是有才华的人也不能制作出一部电影。电影的创作实际上是一群人将一个人的想法实现的过程，因此既需要有才华的人，也需要能够踏实地实行的人。

从公司的整体氛围来说，还是善良且脚踏实地的人占了大多数。于是，一些有才华的人因诸多因素离开公司，或者又回到公司，老宫和我对此都觉得挺好。

要举例子的话，我想起的是儒勒·凡尔纳[1]的《十五少年漂流记》。我就此说过这样的话（《我们见证了电影的制作与发行》，2005 年）：

> （在《十五少年漂流记》里）并不存在完美的少年。因此，这十五个人必须团结一心。事情也因此才显得有意思。现实中，其实在建立一个组织的时候，这样也是最理想的。大家有不同方面的能力，互相协作，便没有一个人是多余的，也不会有人担心被裁掉。我看到这部漫画时就在想，现实生活中到底能不能创造出这样的组织。其实不知从何时起，我就偷偷考虑将来能否把《十五少年漂流记》改编成电影。

与此互为对照的则是新撰组[2]，这是日本第一个也是最后一个唯才论的组织吧，他们只招收攻击力强的武士。新撰组把有才之士当作组织运转的保障，希望靠这个来维持整个集团的存续。而他们的终结却十分可悲。

功能与人性，或者说才能与勤恳之间的平衡很难把握，但两者都是必需的。认真但能力略有不足的人，是大家都乐意去帮助的。在助人的过程中，帮人者也会发现自身的新特点，这就是组织的好处。如果是单枪匹马各自为政的组织，只是单纯地将每个人的能力相加，万一搞不好，反而会变成做减法。新撰组就确实发生了同伴

---

[1] 儒勒·凡尔纳：19 世纪法国著名科幻、冒险小说家。代表作有《海底两万里》《地心游记》等。

[2] 新撰组：又名"新选组"，日本幕府末期一个亲幕府的武士组织，也是幕府末期浪士的武装团体。

内斗互砍的事情。而如果互相帮助学习的模式能顺利进行，甚至会得到乘法一样事半功倍的效果。

归根到底，靠着对一个超级巨星的言听计从就想让所有事情一帆风顺，是根本不可能的。或许是我太理想化，但我始终觉得，能够团结大家的力量一起合作才是最好的模式，而且大家每天也能更开心地工作。

○　**令人轻松的人**

更进一步考虑的话，公司里还需要能令人轻松的人。这里有个好例子。

为《崖上的波妞》演唱主题歌的是博报堂媒体部（DY Media Paretners）的藤卷直哉先生。他在学生时代组建过一支名叫"MARICHANS"的乐队，并担任主唱，后来又在大二时休学，进入博报堂之后不知不觉成了一位名人。最近，他还和学生时代乐队的另一名成员藤冈孝章一起组成了一个叫"藤冈藤卷"的组合，发行了唱片。我特别喜欢山田太一的电视剧，因为里边一定会出现各种各样奇怪的人物，其中就包括一些很奇怪但给人不可思议的存在感的人，藤卷先生就是这样的人。

藤卷先生绝对不是一个能老老实实按部就班工作的人。在制作《猫的报恩》时，他是博报堂方面的负责人，但他几乎没做什么事，也没有一家合作企业是他负责敲定的，他常在公司里说"我今天直接去吉卜力那边"，当时每天都有找他的电话打过来，人却一次都没有出现过。由于我们拼尽全力想让《猫的报恩》大卖，就把他叫了出来。他说："对不起，我尽力了。""可实际上你什么都没做啊！"电通方面是由一个叫福山亮一的人负责，他很努力地找了很多合作方，但藤卷一个都没有找。鉴于这种状况，我们只好问他："出资方面仍由博报堂来负责，合作企业方面就让电通来负责，可以吧？"一般情况下，被这样问是一件耻辱的事，毕竟两家都是广告代理公司，而且福山还更年轻。可是藤卷却对此毫不在意："那就拜托小福啦！"（笑）事情还不只是这样，更绝的还在后头。他回到公司，向局长汇报此事后，局长自然非常生气："就是因为你太散漫了才会有这样的结果！"局长气还没消，他又在旁说道："要怎么向专务汇报啊？"这问题就关系到局长的安危了，局长顿时醒悟过来，开始考虑这事："是啊，怎么汇报啊……"藤卷接道："那我跟您一块儿去吧？"（笑）他就是这样一个令人哭笑不得的人。

但老宫和我都很喜欢这样的人。有趣的是，那天，助手白木伸子女士跑来问我："铃木先生，我有话想跟您说。虽然我知道这样可能很没礼貌，但我还是想问，您为什么要和藤卷先生这样的人交往呢？我认为他绝不是会为铃木先生着想的人。"后来这事传到了老宫的耳朵里，老宫马上把白木女士叫过去，向她解释了藤卷先生存在的重要性。

在那段时间里，老宫即便再忙，只要藤卷先生来了，也会腾出两三个小时和他聊天。老宫常会说："藤卷先生，你真是无知啊！你对世界的发展丝毫不关心吧！"但是通过跟藤卷先生聊天，老宫的心情会不由自主地放松下来。

○ 年轻人的想法

目前在吉卜力里，"团块二代"[1] 的年轻人占了很大的比例。可我们并没有感受到太多由年龄差距而引起的不同，但是毕竟时代不同，每个年龄段都有其特点，还是有一些微妙的差异的。

比如《地海战记》的导演宫崎吾朗，他是 40 多岁的人，对于团块二代的评价是："绝不能同时交给他们两件事。"因为一次做一件事可以踏实地把它做好，但是要同时做两件事就会混乱。但对于我来说，同时做两件事反而能够转换下心情，万一遇到点什么状况，也可以做另一件事来暂时逃避现实一下，从而放松心情，反倒是只做一件事会觉得无比疲惫。大概就是类似这样的区别吧。最让我觉得不同的是他们缺乏"明知会失败也要去做"的态度。如果能预料到结果可能不成功，他们就不会下手去做。这让我很伤脑筋，毕竟有很多东西是只有实际去做了才会知道的。

还有让我很在意的一件事是，他们对待"责任"这个词很不谨慎。当遇到什么事时，他们总是轻易地说出"对不起，是我的责任"这种话。虽说这样看起来他们好像很敢于承担责任，但我不觉得这是值得赞扬的。对于责任的划分，我觉得每个人都应该严肃对待，如果不是自己的责任，就最好不要这样说。

---

[1] 团块二代：指 20 世纪 70 年代出生的人，未曾见到明显的贫富差距，大多集中于郊外的新兴住宅区，他们认为自己享受的丰富的物质生活是理所应当的，因而缺乏进取心。

○ 吉卜力的独立

吉卜力脱离德间书店独立运行，是从 2005 年 3 月开始的。我对在德间书店体系内制作电影并无不满，只要能制作电影就可以了。所以我们是到了万不得已的时候，才被迫独立出来的。

我记得在当初组建吉卜力的时候（1985 年），老宫和我曾有过这样一段对话：

"铃木，怎么办？"

"什么事？"

"到底是在德间底下做，还是咱俩出来单干呢？"

"我觉得还是在德间旗下做比较好。"

"为什么？"

"这样我们就用不着考虑公司经营的问题了。"

"原来如此！我懂了！"

说实话，在被老宫问到这个问题之前，我并没有考虑过做其他选择的可能，听到别人说时，才觉得"原来如此，还有这种可能"。说来奇怪，我总觉得还要管着钱的话，就没法放心大胆地做事了。我本能地认为，负有经营责任的社长还是由别人担任比较好。

当吉卜力要独立的时候，很多家银行的人蜂拥而至。大家都是建议我们将注册资本做大，这样就可以多贷款。但是我告诉他们："我只想做个 1000 万日元注册资本的公司。"因为注册资本太多的话，我们就不得不运营大量的资金，这样很难兼顾做自己喜欢的电影了。那么，到底吉卜力独立的意义又何在呢？

如果要问我吉卜力独立后我最讨厌的事是什么，恐怕就是让我当社长了。恰巧我也认识几个社长，他们给我的感觉都是小气。不过这也是理所当然的。因为社长要对企业的运营负全责，当然要节约开支，比如要考虑削减制作费，节约人工费，甚至连一个广告的费用都要小心开支。可以说开源节流就是作为社长的必备素质，对此我很有压力。

因此，吉卜力独立之后的首要任务就是寻找担任社长的人选。我找了好些人，但是他们都不肯答应，甚至还有人这样对我说："在有宫崎先生和铃木先生的公司里当社长，实在太令人伤脑筋了。"于是，没有办法，我只好硬着头皮当起了社长。

○ **不受重视的名字**

独立之时，"吉卜力工作室"这个名字也成了一个问题。在此之前，从形式上来说，"吉卜力"确实是德间集团下属的一个事业部门的名称，如果我们继续用这个名字，就得向德间集团购买。这样想来多少有些不舒服，而且还要花不少的钱，对我们来说是很大的负担。于是老宫对我说："铃木，不如我们就别要这名字了。"我也表示赞同。从这点来看，老宫和我好像没有什么爱社精神呢！我问他："老宫，有没有想到什么好名字啊？"老宫马上就开始思考给公司起个什么样的新名字。后来他想到一个名字，叫"希洛克（Scirocco）"。"吉卜力"的意思是撒哈拉沙漠上吹来的热风，实际上还有一个词也是表示同样的意思，那就是"希洛克"。于是，我们两人一拍板，决定就用这个名字，便在公司内部宣布了这一决定。

"公司改名了。"

"改成什么了？"

"希洛克！"

"啊？"

大家听了这个消息，反应不一。其中有个女孩提出了异议："不喜欢这个名字！"当我询问她不喜欢的理由时，她说道："接电话时，说'你好！这里是吉卜力！'感觉很有气势，但是，如果改成'这里是希洛克'就一点气势都没有了，所以我不喜欢这名字。"于是我告诉老宫，这个新名字的风评不太好，他一时也想不出其他名字，最后只好继续用吉卜力。

一线的工作人员似乎对吉卜力这个名字特别有感情。说到名字我又想起来吉卜力与迪士尼合作时的事。迪士尼代理出版吉卜力作品的 DVD 时，有员工提出这样的问题："吉卜力作品的 DVD，如果由迪士尼代理出版，不就会打上迪士尼的标志了吗？"我听了这话很吃惊，因为在我看来这根本就是一件无关紧要的事。为什么大家都这么介意名字上的事呢？就我个人而言，我对此不以为意，甚至当初要舍弃吉卜力这个名字时也毫不犹豫。

○　**重要的是灵感**

吉卜力独立之后的第二年，宫崎吾朗的处女作《地海战记》公开上映了（2006 年）。让吾朗担任导演一事，一开始遭到很多人的反对。大致意思就是吾朗从没制作过电影，一下就让他担任这部大作的导演实在是欠缺考虑，反对得最厉害的要数老宫。

众所周知，老宫是厄休拉·勒古恩所著《地海传奇》的狂热爱好者。他去美国会见勒古恩时，甚至宣称自己的作品从《风之谷》开始，几乎所有的作品都深受《地海传奇》的影响。实际上他很早就考虑要将这部作品改编成电影，但作者一直没有同意。当老宫正在制作《哈尔的移动城堡》时，勒古恩通过该作品的翻译清水真砂子女士传话过来表示，希望能将这部作品制作成宫崎骏电影。据说是因为她看了《幽灵公主》和《千与千寻》等作品后，深受感动。能得到勒古恩的授权是非常难得的，吉卜力为此特地成立了特别小组对此事进行研究。时任吉卜力美术馆馆长的吾朗也是这个小组的核心成员之一。一开始，大家都没有考虑让他担任这部影片的导演，但渐渐地，我认为让他当导演其实很合适。

尽管如此，也多亏吾朗敢接下导演这个重担。自己的父亲是宫崎骏，而且还要导演这样一部父亲曾宣称受了很大影响的作品，压力自然非同小可，所以没有彻底的决心是做不到的。最初持强烈反对态度的老宫，据说在家庭会议上了解到吾朗的决心后，也转变了态度，表示接受这样的安排。

一开始，老宫直接对我说："你竟然让没有任何经验的人担任导演，到底打的什么主意？"虽然他非常生气，但我也确实有自己的打算。我想起了《红猪》里的一句台词，主人公波鲁克的飞机坏了要找人修时，年轻的女飞机修理师菲奥出现了，波鲁克以她没有经验为由，拒绝了她的帮忙，于是她问道："到底是经验重要还是灵感重要呢？"他恍然大悟："当然是灵感重要。"最后他终于同意了让菲奥帮他修理飞机。我觉得吾朗就像是那一幕的菲奥。等到电影上映后，虽然也受到了不少严苛的批评，但还是创下了610万日元的票房佳绩。作品受到了一向要求颇高的押井守的表扬，岩井俊二也对此称赞不已，据说吾朗听到这些肯定的评价时非常高兴。

○　吉卜力的未来

吉卜力成立至今已有20多年（至2008年），但它之后会如何发展还是个未知数，这么讲最大的原因便是老宫。他不但创办了美术馆，还声称要建幼儿园（2008年开园），这对收支核算来说，都是很令人伤脑筋的。高畑也根据自己的想法提了不少需求。我一直都是在重压下维持公司的运营。从我认识老宫开始，他一直都没有变，工作态度也没有变。因此我想，只要他们还在，吉卜力应该不会有太大的变化。也许将来吉卜力会解散，也许会传给其他的人，但这都是未知数。如果一定要让我总结，我想引用一下我以前写的一篇文章（《〈千与千寻〉战胜了迪士尼》）：

　　常有人问我是如何培养年青一代的。我觉得要想让年轻人成长得更好，最好的方法就是让老宫和我这样爱啰唆的老一辈消失。

　　但是，如果你一直听老宫聊天，你就会发现他至少还想再做三部电影。我也是没有办法，只好舍命陪君子了。之后10年吉卜力也将会继续发展下去吧。但是吉卜力并不像迪士尼那样为了让世界各地的人都能看懂而去遵循什么"全球标准"。老宫和我希望能从日常生活中，从我们自己所追求的影像技术里汲取营养，创造出具有时代性和普遍性的作品。

2008年2月发生了一件事，无论是对吉卜力还是对我个人都是一个好消息，那就是日本迪士尼前任社长星野康二接任了吉卜力社长一职（2月1日上任）。我和他是在1994年相识的，当时他向吉卜力提出代理发行吉卜力作品的DVD，后来从1996年开始吉卜力与日本迪士尼建立合作关系，吉卜力把作品的DVD制作和发行权交由日本迪士尼独家代理，因此我和他从1994年以来就一直保持着联系。2007年5月，当我知道了他卸任日本迪士尼社长一职后，便向他发出了邀请，希望他来担任吉卜力的社长。我的一贯做法是只请求一次，之后就由他人自行考虑，这次也是一样。3个月后，他终于回复："以后请多多指教。"也就是说他同意了。

于是，吉卜力就开始由星野社长管理公司的运营，我也能更好地专注于电影的制片工作。在新闻发布会上，星野先生引用我的话表达了他自己的想法："我希望能继续保持吉卜力现在的状态。正因如此，我不害怕任何冲突。希望我这个角色能够与员工们产生新的化学反应。"

○　**你最喜欢的电影是哪一部?**

常有人问我："迄今为止的作品中，你最喜欢的是哪一部？"实际上我觉得这是个愚蠢的问题，让一个人从自己制作的电影里选一个最有意思的作品，这怎么可能？

结束了就是结束了，因此我从来不看已经完成的作品。因为在制作影片的过程中，我看过了这部片子的各种形态，已经足够了。虽说，很多时候我看的都是线拍试映版（未经过编辑的试映版电影胶片），很少看完整的，但是当作品完成后，我总觉得近期之内是不想再看了，我的注意力也随之转向下一部作品。

说到这儿，我想起在和押井守先生的对话节目上，一开始说过的话（《新春动画对谈》，2004 年）：

> 铃木：我最近看了一次已经 20 年没看过的《风之谷》，再次感受到的是，娜乌西卡从头到尾都希望一个人去拯救伤痕累累的地球，她背负的责任太重大了。这部片子和《宇宙战舰大和号》一样，都设置了宏大的主题。但是，以老宫最近的作品来说，比如《幽灵公主》中的阿席达卡就是出于很私人的原因才踏上旅途的。

《风之谷》确实是隔了 20 年都没再看，完全就是因为我不想看。不过也正因为隔了那么久，我才看出了作品里时代的差异。也就是说，因为现在的作品讲述的大多是"个人的原因"，再看《风之谷》才会感受到其中不一样的东西。

因此，如果真的要让我选一部所谓最爱的作品，恐怕要等到我死的时候才能做到吧，毕竟我的人生还在继续。

○ 《崖上的波妞》很有意思！

我作为《崖上的波妞》的制片人，真的认为这部影片很有意思！

这是一部老宫准备时间最长的片子，甚至可以说从制作《风之谷》时期他就在为这片子做准备。他开始考虑创作，是从《哈尔的移动城堡》上映后不久的 2004 年 11 月。真正着手则是从 2006 年 10 月开始，其间两年都在为这部片子做准备。在此之前，一部片子的准备时间长的 6 个月，短的则只有 3 个月。可见，为此花费的时间大不相同。

我和老宫的一次聊天也成了这部片子的创作契机之一。那是《哈尔的移动城堡》完成之后的事。

"铃木，下一部要做什么呢？"

"做一部给小孩子看的片子吧。"

"为什么？"

"《哈尔的移动城堡》中的卡尔西法、马鲁克和苏菲等角色的塑造非常成功，儿童作品中很少有那么好的场景刻画。"

老宫听了我的话很高兴，便开始下一部创作的准备。一开始，他是想做中川李枝子的童话作品《不不园》，但是鉴于种种原因，最终还是改换了主题。

片子的另一个创作契机是员工旅行。恰好就在《哈尔的移动城堡》上映同一天，我们受到熟人的邀请，去濑户内海的一个港口城市旅行。一开始老宫还挺不乐意的，但是一到那里他的想法就变了，还喜欢上了那里。后来，他还一个人在那里租了一间房子，住了两个月。他对旅行的地方总会投入很多个人感情。比如他去了屋久岛后就萌生了《风之谷》中的场景，去阿兰岛旅行的记忆则放进了《魔女宅急便》里。于是，这个濑户内海的港口城市就成了《崖上的波妞》的舞台背景。

当时他正在阅读夏目漱石的《门》，很喜欢其中的主角宗助。宗助住在悬崖下，于是他就给影片中 5 岁的小主人公也取名叫宗助，不过不是住在"悬崖下"，而是住到了"悬崖上"。后来又继续追随漱石的足迹，听说漱石在英国留学时对泰特美术馆展出的画作留下了强烈印象，于是老宫也去看了一趟。在欣赏了约翰·艾弗里特·米莱斯以《哈姆雷特》为蓝本创作的《奥菲莉亚》后，他对"溺死在水中的女子"产生了很多的感想。

这些元素都在老宫的脑海里交织融合，并逐渐产生了类似发酵的化学作用。像这样大费周折地准备，加入很多个人理念的作品，在吉卜力作品中可谓史无前例。

并且，这部作品采取了全手绘的创作方式，完全没有借助电脑CG 绘图软件。比如他非常喜欢画"海浪"，想要找到表现海浪或波涛的新手法，所以这个部分绝不会假手他人，全部自己来画。换句话说，他在这部电影的制作中回归了动画的原点。他曾经这么说："我想通过这部片子教儿子动画创作的方法。"他是这样评论由儿子吾朗担任导演的《地海战记》的："能够采用坦诚直接的创作方式，非常好。"但他想以创作者的身份传达更多的东西给吾朗，或许他就是抱着这样的想法创作《崖上的波妞》。

除此之外，老宫还是一个无论到了多大年纪都不会停止冒险的人，这一点非常令人敬佩。作为制片人，我被他的精神带动得兴奋起来，认为这一定是他的另一部杰作。

○ 与喜欢的人做喜欢的工作

对于我来说，最快乐的事就是与人打交道。与喜欢的人深交，在喜欢的人包围下工作，实在是令人愉快的事，这对心理健康也非常有益。能与老宫、高畑、德间社长等许多喜欢的人相遇，并愉快地工作到现在，实在是我的幸运。

身为制片人，我每天都要和许多人打交道，如果只是当成商务往来，这样很难成事。不是公司与公司之间的交往，而是人与人之间的交往。因此，我们才能与电通、博报堂、罗森、7-11 等本应是竞争关系的公司保持合作关系。从另一个角度来看，如果没有人与人之间的关系，还真不知道我们公司和这些公司之间的关系会如何发展。吉卜力和迪士尼的关系也是始于我和星野康二之间的朋友关系，吉卜力能与皮克斯[1]合作也是因为约翰·拉塞特的关系。

我是因为觉得相处很愉快才与他们保持朋友关系的。斯皮尔伯格导演的制片人凯瑟琳·肯尼迪和我交往已有 10 年之久，她很有个性，并且非常迷人，和她聊天也很有意思，如果我去美国一定会和她一起吃饭，她来日本我也会当导游带她去她想去的地方，我们还

---

[1] 皮克斯：全称"皮克斯动画工作室"，美国一家专门制作电脑动画的工作室，位于加利福尼亚州爱莫利维尔。成立于 1986 年，其前身是乔治·卢卡斯的电影公司的电脑动画部，2006 年迪士尼公司收购了皮克斯并将其纳入麾下。

经常互通电邮，这十年来保持着这样的朋友关系，从来不谈工作。但星野当上吉卜力社长后，我第一次和凯瑟琳聊起了工作。星野非常厉害，他加入吉卜力后马上把眼光投向了世界，希望能将吉卜力进一步推上世界舞台。于是我试探性地问凯瑟琳能否帮助吉卜力将作品在北美市场推广，她对此很感兴趣，并且努力帮我们想办法，只不过最终的结果虽然如此，但这并不是我一开始与她来往的目的。

仔细想想，这也与我工作的态度有关。短期目标还好说，但我从来没有为自己设定过某个长期目标然后拼命去努力。这也许是因为我觉得如果没有了与人交往的关系，设定再宏伟的目标也没有任何意义。因此，当别人问我"吉卜力的经营策略是什么"或者"宣传策略是什么"时，我都想回答"别问了"。首先，我的字典里根本就没有"策略"这个词，再者我也从来没有采取过什么策略。对于我来说，最重要的是解决眼前的问题以及达成短期的目标。为此我会全力以赴。这或许可以称为我的"战术"吧，就是考虑能考虑到的，并针对可能出现的情况拟定对策。实际上，我也是因为喜欢这些事情才会喜欢这样的工作。思考是件很有意思的事，我乐在其中。在思考的过程中，我常考虑到的也是"人"这个因素。"绝对不能掉队"以及"一定要说服持反对意见的人"，是我一直遵循的两个原则。只有大家都能接受，并且大家都觉得愉快的事，才会令工作也愉快起来，才能做出好成绩。

我还有一点想法常会令人感到不可思议，那就是我从来不会有挫败感。因为我总是以上面所说的方式工作，不为自己设定什么目标，因此没有遇到挫折也是很自然的事。NHK 电视台的《Professional——行家本色》节目（2006 年 4 月 6 日播放）曾采访我，我的话令他们的负责人感到很伤脑筋。因为这个节目的主题是"挫折与战胜挫折"，我却说没有遭遇过挫折，那节目就没法继续进行了。我绞尽脑汁想了很久，但没有就是没有。

更进一步分析的话，我从没想过自己要成为一个什么样的人物，也没有想过要成名。也许正因如此，我不会把哪个人视为自己的竞争对手，一直以来都是和喜欢的人一起做喜欢的事，才能做出很多好作品。

"道乐"[1]是一个我很喜欢的词。之前我出版的第一本书就叫作《电影道乐》（又名《乐在电影》，2005 年）。这本书的名字是我起的，因为我觉得"道乐"是个很好的词。工作确实是我的爱好，或许也正因为我秉持这样的工作态度，制作的影片才会被大众所接受吧。说了这么多，这本书所说的也都是我工作的爱好与乐趣。

我的性格可能是受了父母尤其是我母亲的影响。我母亲今年（2008 年）已经 85 岁，也许因为她是从战争年代死里逃生的过来人，有着那一代人特有的固执。作为本书的结尾，我想说一个我个人的故事。

这件事发生在我还是上班族期间。那时，我刚当上《Animage》杂志的副总编，打电话向住在名古屋的母亲报喜："我这回当上副总

[1] 道乐：日语的意思为爱好、嗜好。

编了！"没想到母亲听了很生气："笨蛋！你以为自己很了不起吗？你该不会是被蒙蔽了吧！上头的人给你这样的头衔还不是想让你更努力干活儿啊！"然后她又教育我："对于人来说，只有两样东西是重要的。"她接着说道，"一样是身体。"这很好理解。名古屋的方言里有这么一句话，叫作"身体垮了"，意思就是把身体弄坏了。她说："如果劳动过度身体就会垮掉！"接着又说，"第二样就是干活儿的窍门。只有傻瓜才认真地埋头苦干！"真是很过分的母亲啊！（笑）但也是因为母亲，我常会客观地分析自己。总之，母亲对于我升职一事，并不认为我有多了不起，相反，还把我臭骂了一顿。[1]

不管怎么说，毕竟是我自己的母亲，可能记忆上会有些出入。但也正因为有了这样的母亲，才有了这样的我。

---

[1] 经作者、权利人许可，部分内容在此予以修订。

新

"用孜孜努力赢得光明的未来"

—— 始终以现在进行时思考

图为 2013 年 9 月 6 日，在宫崎骏导演的退休发布会上的合影。我们交往了 30 多年，这还是第一次握手。

•••• ••••

　　我打算再工作 10 年，在我还能自己开车从家往返工作室的时候继续我的工作，这个期限，我姑且给它定个"10 年"吧。也许会短于 10 年，这是由命数决定的，所以这个 10 年只是我的大致估算而已。

　　我一直期望将动画制作成长片，并致力于此，对于作品与作品之间的间隔越拖越长我毫无办法，也就是说，我渐渐成了一个拖延症患者。《风起》距上一部作品足足有 5 年时间，下一部作品会不会花上 6 年、7 年？假使那样，工作室这边也不堪承受，我这七旬时光也要全部搭上了，所以除了长片动画，我也可以做些我想尝试做的其他事情，很多是不做不行的。例如，吉卜力美术馆的展示工作等，这些事情无论做或不做，对于工作室来说，都不会造成什么负担，只不过对于我的家人们还是会一如既往地带来困扰。

　　现在，我从吉卜力工作室的制作团队中脱身了，我自由了。尽管这样，我的日常生活应该没有丝毫变化，每天仍然会往返在同一条路上。每个星期六能休息一下，这是我以前的奢望，但到底能不能实现，不去尝试的话我也说不清。

　　谢谢各位！我的话讲完了。

—— 《宫崎骏正式退休答谢辞》，2013 年 9 月 4 日

•••• ••••

从这里往下是新增内容。

《乐在工作》2008 年版完成于《崖上的波妞》公映前夕，自那时起又过去了 6 年，吉卜力即将迎来创立 30 年这个重要节点，我自身也面临巨大的转折。这几年我们又是怎样走过来的呢？

○ **老宫的"5 年规划"**

2008 年 7 月正式公映的《崖上的波妞》，取得了累计观众人数超过 1200 万、票房收入达 155 亿日元的好成绩。就在我们考虑下一步如何推进业务的时候，老宫突然对我说出这样一段话："我设想了一个吉卜力的 5 年中长期规划：先以年轻人为主，3 年制作两部作品，然后花 2 年时间制作一部重磅作品！"换句话说，按照这个规划，要在 5 年内制作完成 3 部作品。我一瞬间目瞪口呆。就我自己来说，我始终强调做好每一部作品，因此对长期规划这类东西毫无兴趣。我当时的第一反应是：他是想在自己制作一部作品之前，先保证有 2 部作品推出吧。

但与此同时我又想，除了老宫的作品之外，推出其他导演的作品也未尝不是一件好事啊。于是就有了 2010 年的《借物少女艾莉缇》和 2011 年的《来自红花坂》。

○ **从导演中心制转为企划中心制**

以前吉卜力工作室的工作体制，概括来讲，就是宫崎骏和高畑勋两位导演交替负责制作、推出新作，先有了导演，然后才有的企划。要做什么样的作品，全都要尊重导演的意见，也就是"导演中心制"。而现在却要打破惯例，以后不再这样运营，改由制片人负责策划，并进而提出脚本，根据这个脚本再由制片人员负责制作。这种机制或许可以称为"企划中心制"吧。老宫提出这样的建议，我也表示赞成。

那么，具体是什么企划呢？《借物少女艾莉缇》和《来自红花坂》都是基于老宫的提案制作的。《借物少女艾莉缇》是在 2008 年的夏天确定制作的，原作是英国作家玛丽·诺顿写的《地板下的小人》，其实高畑和老宫好像在年轻时就曾经商议过改编动画的企划，在小人们的眼中是怎样看大人的世界的呢？不过，我读了原作后却觉得，小人们生活中的必需品要从大人世界中借用这个创意非常有意思。他们不会使用魔法，因为身材迷你，加上没有钱，他们是如何应付日常的生活，如何生存的呢？一言以蔽之，只有拼命努力，才能让自己生存下去，而这不正是一种幸福吗？就像往昔每个家庭所经历的那样。我意识到，这才是一个很具有现代性的主题，于是我建议在片名前加上"借"字，老宫接受了。

再说《来自红花坂》。2009 年，就在《借物少女艾莉缇》制作处于最紧张的阶段，老宫又提出想制作《来自红花坂》这样一部作品，其原作是一部同名的少女漫画。事实上，以前研究讨论是否将优秀的少女漫画改编为动画的时候，这部作品就被列为候选之一，当时没有付诸实施，现在听老宫重新提起，我不由得琢磨，时代发展到了今天，也许可以让这个设想实现了。因为这部作品堪称是现代版

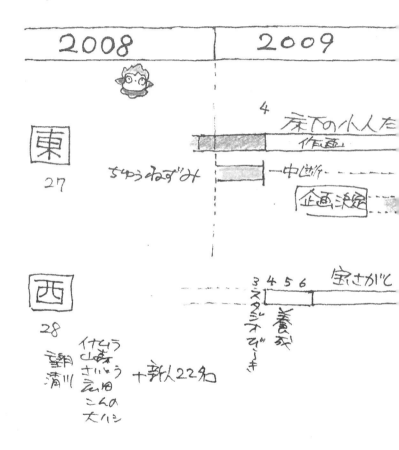

图为《崖上的波妞》公映后，2008 年 11 月，宫崎骏以"吉卜力 5 年中长期规划"为题提出的方案要点，从这一规划当中诞生了《借物少女艾莉缇》《来自红花坂》《风起》。

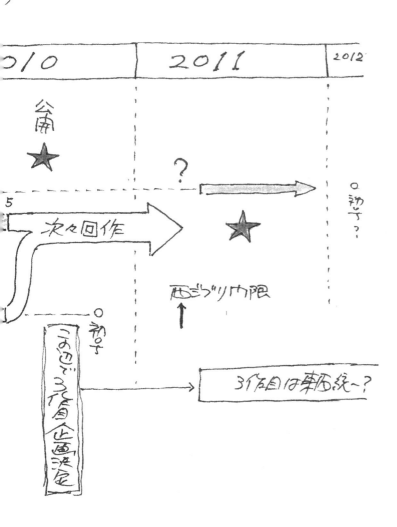

的《绿色的山脉》,《绿色的山脉》是一部令战后日本人重新振作起来的作品,现今也需要一部能让人们精神振作的影片。

事实上,作为同为吉卜力出品的影片,《借物少女艾莉缇》和《来自红花坂》恰好形成了对照,其所追求的方向是截然相反的。《借物少女艾莉缇》中出现的小矮人,使它作为一部奇幻作品具有了异构的特性,与吉卜力以主的路线也相差无几。但《来自红花坂》是一部讲述普通高中生的物语作品,故事舞台在横滨,时间设定是东京奥运会的前一年——1963年,没有一丝一缕的奇幻要素。虽然这纯属偶然,但从制作上讲,接连两部影片的风格正好是截然相反的。

○ 麻吕(米林宏昌)的登场和宫崎吾朗的再次登场

策划方案一旦确定下来,接下来的问题就是导演由谁来担任。关于导演人选问题,我们从未研究过,老宫只说了一句"以年轻人为主"。话是这么说,但两名年轻导演究竟在哪里呢?

眼看《借物少女艾莉缇》到了马上要开始制作的节骨眼上,老宫突然冷不丁地向我发问:"铃木,导演人选怎么样了?这部作品的制片人可是你啊!"当时,也容不得我多想,于是我随口答道:"麻吕!"这绝对出乎他的意料,老宫一瞬间显得很是困惑。因为麻吕也就是米林宏昌,他是吉卜力首屈一指的动画师,让他转行做动画导演,老宫制作自己的作品时就会感觉非常不便。但老宫就是老宫,他踌躇了片刻(那也是为了彻底斩断心中的遗憾和依依不舍),还是爽快地同意了:"知道了。那我接下来就招呼麻吕做事了。"

麻吕吃了一惊。他喜欢动画师的工作，导演什么的压根儿就没有考虑过，不承想老宫突然把他叫来，告诉他："这是下一部作品的策划方案，导演由你来干！"用了一定的时间，他才最终决定接受这项工作。麻吕担任导演这件事就这样定下来了。说实话，这很冒险。这件事情既不是他主动请求的，从经验方面来说，他也是白纸一张。然而，麻吕发挥得比我想象中更出色，当然这是后话了。

《来自红花坂》的导演是宫崎吾朗。他一直期待能亲手制作影片。我曾经对他说："你要是想往导演方面发展，无论面对的是什么样的策划方案，也不管这个策划方案是不是合自己的心意，你都不能退缩或者回避。"他对此非常理解，并且做好了思想准备。老宫一直说"导演最要紧的是第二部作品"，因此我想吾朗还是很紧张的。

吾朗具有将一个团队聚合起来的能力。作为导演，在制作一部作品的时候必须把自己的意图强制性地灌输给每一个人，并让他们切实执行下去。他能巧妙地使所有人始终不泄气，坚持做到底，这是宫崎和高畑所不具备的能力。

○ 脚本创作——丹羽圭子的活跃

因为整个创作体制转型为制片人中心制，因此作品的脚本就显得特别重要。《借物少女艾莉缇》的策划由老宫亲自操刀，那么由谁和他搭档创作脚本呢？我能想到的人选只有丹羽圭子。她如今在某出版社从事编辑工作，之前我在德间书店工作并创刊《Animage》的时候，她是我的下属。其实在进入德间书店之前，她供职于松竹株式会社旗下的脚本研究所，才华出众，当时还被誉为天才少女。之前制作动画电视专题片《听见涛声（海がきこえる)》(1993 年播出)的时候，曾请她撰写脚本，写得非常棒，我至今还记忆深刻。

与老宫搭档是件极其痛苦的差事。相较于作品的整体构成，老宫更加执着于局部细节，以某个细节为起点，大胆联想，推动故事情节的展开，起承转合之类的技术流与他无缘，不合逻辑、前后叙述矛盾之处比比皆是。除此之外，老宫的想法太多，很难全部容纳在电影应有的时间长度内。尤其要命的是，他不仅接二连三地提出想法，而且有时候好不容易按他的想法完成了，第二天，他又会提出一个截然相反的。所以，绝大部分的脚本编剧都对他敬而远之。而丹羽圭子对此却非常感兴趣，目睹老宫的思考过程，也就是目睹一位天才的思考过程，然后配合他将这一思考过程条理清晰地表达出来，她认为这是件非常有意义的事。

接下来的《来自红花坂》也理所当然地交给了丹羽圭子。当时，脚本创作的全过程我也参与了，丹羽圭子做得实在是太漂亮了，她和老宫的配合简直是珠联璧合，每天例会一结束，她便能把老宫说的全部整理出来，虽然常常被老宫全部推翻，但她毫不计较，反复地修改，重新整理，这还是第一次有人以这种方式将老宫的设想做成脚本。

○　富于演员特质的麻吕

制作影片的时候，将自己的个性充分表达出来，如果可能，恨不得所有的事情亲力亲为，可以说，这样的导演身上具有极强的作家特质，老宫就是其中一个典型。与他相对的，麻吕则是一个演员特质胜过导演特质的人。用舞台剧表演来做比喻或许感觉更接近吧：在舞台剧表演中，依据同一个剧本，不同的演员能演出不同的味道，将各个部分的潜力挖掘出来，给予其充分的信任和依赖，自己则专注于脚本的理解以及将其忠实地表现出来——麻吕就属于这种类型。

与老宫有关的事项中还有一大问题就是，由谁根据脚本设想绘制成分镜头剧本？这项工作将决定整部作品的成败。为此，我与麻吕仔细商量了一番。由于老宫会对分镜头剧本提出各种要求，导演就很难在片中体现出自己的完整思路，因此我对麻吕说："我建议最好是你自己画。"麻吕当即接口说道："哎呀，我正是这样想的！"于是我陪着他一同去跟老宫打招呼："分镜头剧本我想自己画。"老宫听后说："明白了。你是个有担当的男人。既然你说全部由你自己来，那我以后也不再指手画脚了。"但是老宫是个没耐性的人，这一点我对他了如指掌，别看现在这样说了，一转眼他还是会指手画脚的。所以，根据我的建议，麻吕在工作室附近租了一间公寓，闭门不出，埋头创作分镜头剧本，地址对所有人保密。老宫果然憋不住，老想参与其中，但是一点辙也没有，只好大发牢骚："麻吕到底躲到哪儿去了？！"

看了制作完成的影片后，我再次真切地感受到老宫和麻吕二人的个性差异。例如，艾莉缇这个角色，假如按照老宫的路子来，一定是个来不及细细思考便付诸行动的少女，但在麻吕笔下展现出来的，则是一个三思而后行的少女，这就是二人最大的不同之处，或许这与制片人自身喜欢什么样的少女有很大关系吧。对于其中描写恋爱的部分，尤其符合我的审美。换作老宫的话，从相遇的那一瞬间起，男女主人公便互相倾心，百分之百地你侬我侬，没有任何的试探或计谋，只要精神上互相吸引，肢体上的接触也同步进行了，但麻吕却将感情逐步升温的过程表现了出来。

○ 将平均 5 秒一帧缩短至平均 4 秒

在《来自红花坂》的制作过程中发生了这样一件事。由于在脚本上花费的时间过多，到了吾朗这里时间就不够了，从绘制分镜头剧本往后一系列制作的时间相当紧张，分镜头剧本大约完成四分之一的时候，试着将其制成连贯的影像一看，众人不禁愕然：节奏拖沓，女主人公形象黯淡，吾朗急得直挠头。我忽然想到：用 1.3 倍速快进，结果放映出来的节奏恰到好处，主人公的形象也大为改观。我把这个发现告诉了吾朗，吾朗瞪大了眼睛："啊，真的是啊！"

其实吉卜力制作的影片一帧画面的平均长度是 5 秒，当然各个画面的剪辑长度是秒数不一的，但若平均算下来的话是 5 秒，与一般的动画影片相比属于长的，我没有对世界各国的动画影片进行过精准测算，但是估计一帧画面的平均长度在 3～4 秒吧。影片时长过长，整个故事的叙述会变得拖沓，将 5 秒缩短至 4 秒的话，不仅节奏更加舒适，制作效率也会提高很多。总之，本来制作时间就不宽裕，这样缩短了之后，既改变了节奏，又提高了工作效率，可谓一举两得。当然，这样一番小小的改进之所以能取得良好效果，与影片自身的风格也不无关系。动画影片大致上有两类风格，一种是故事情节简单但表现很复杂，另一种则是故事内容丰富但是表现手法比较朴素，《来自红花坂》属于后一种风格。

影片的最大魅力在于女主人公。起初，主人公的形象之所以显得黯淡，是因为脚本本身也或多或少有些问题，后来老宫意识到并及时纠正了。吾朗接受这个项目后，充分发挥了他的潜力，创作出来的主人公不是那种莞尔一笑道"我是不是很可爱"的女孩，而是不惧别人的目光，坚定地按照自己的生存方式走下去的类型，并且给人感觉仿佛近在身边，就像邻家的女孩一样。这样的动画人物形象非常符合现代社会，很有时代意义。

○ **两部作品的成就回顾**

《借物少女艾莉缇》于 2010 年 7 月 17 日正式公映，累计观众人数 765 万，票房收入 92.5 亿日元；《来自红花坂》正式公映是 2011 年 7 月 16 日，累计观众人数 355 万，票房收入 44.6 亿日元。对项目制片人来讲，这两部影片都取得了不俗的成绩。

假如单从票房收入来看，《来自红花坂》可能仅是《借物少女艾莉缇》的一半，但还必须考虑到这个因素：这部作品中没有半点奇幻成分，完全不同于吉卜力经过多年探索而形成的成熟路线，观众能否接受、如何接受，在此之前我们自己也非常不安。从这个意义上讲，这部影片具有实验性的一面。公映之前，我邀请了相关人士参加内部试映，我明确地告诉所有人，一般来说，这样的作品只能拿到单馆上映的资源，但我们想让更多的观众认识它、欣赏它，请各位用这样的眼光审视它。试映结束后，DWANGO[1] 的川上量生社长说道："确实很朴素啊。"还有一个因素，就是这一年的 3 月，日本发生了前所未遇的"东日本大地震"，人们根本顾不上去影院看电影。就是在如此不利的状况之下，《来自红花坂》依旧取得了日本国产影片票房收入第一的好成绩。对此我的感想是：确实很努力了。

不管怎么说，老宫设想的 5 年规划的前半部分总算达成了，《借物少女艾莉缇》的麻吕（米林宏昌）和《来自红花坂》的宫崎吾朗，两人各自完成了一部被世人广泛接受的作品。并且正如我在前文中提到的，从奇幻要素的角度来说，这两部影片恰好形成了鲜明的对照，一方面，《借物少女艾莉缇》令人重拾对昔日吉卜力的怀想，有观众声称吉卜力就应当坚持这样的风格；另一方面，也有观众表示，《来自红花坂》是吉卜力所有作品中最优秀、最令人喜爱的。两种反响都令人感到高兴，证明了吉卜力的拥趸在不断增加。从拓宽工作室的产品风格，进一步扩大受众范围这个意义上讲，《借物少女艾莉缇》和《来自红花坂》都做出了很大的贡献，连我自己都觉得很有成就感。[2]

○ **在记者发布会上**

记者发布会于 2013 年 9 月 6 日召开。会前，老宫问我："铃木，

---

［1］ DWANGO（或译"多玩国"）：日本的 IT 企业，旗下拥有著名的共享视频网站 NICONICO。
［2］ 经作者、权利人许可，部分内容在此予以修订。

记者发布会这玩意儿必须开吗？"

"说什么哪，不是你自己提出要召开的吗？！"

"我也没说不再工作了呀，我还会像以前一样干自己想干的事，只不过长片动画不想再拍了。"

瞧瞧，语气这就已经变了。（笑）

发布会的前一天，老宫突然拿了一张纸片来找我，原来是"退休答谢辞"，只见第一行写着："我还打算再工作 10 年……"看得出，他为此也经过了痛苦的思考和挣扎。

在记者发布会上，老宫将自己迄今所思所想都倾吐了出来，对记者的提问也竭尽全力地给予了认真的答复，其中特别令人印象深刻的话，是他一贯坚持认为的：干导演真是辛苦。对此我是再清楚不过了。《风之谷》制作完成的时候，老宫就说过："以后再也不想干导演了，我不想因为干这个而失去朋友。""其实我的初心是当个动画师，动画师才是最适合我的工作，每次画出一幅幅漂亮的镜头画面，我就会特别兴奋。"我觉得，这的确是他的真心话。

老宫退休记者发布会现场我就坐在他旁边，一直听着他的发言，一边听一边有种大大松了口气的感觉。当被提问"铃木先生此时是何感想"时，我也坦诚地回答道"两种心情兼而有之"：一方面真诚地向老宫表示感谢，另一方面也感觉似乎自己的心情因之而轻松。老宫和年轻时相比确实显露出了衰惫，这属于技术性的问题，我和老宫交往多年，所以能够感受到。说实话，我的感觉是他确实到了一个极限，因此，我从心底里由衷地想对老宫说一声：兄弟辛苦啦。

此外，就我自己而言，从《风之谷》算起也已经走过了 30 年，有过种种尝试，有过种种拼搏，我想这一切也差不多快结束了，我也有种快要得到解脱的轻松心情。

记者发布会结束时，我们两人的手极其自然地紧紧握在一起。交往 30 多年来，和老宫握手这还是第一次，我自己都忍不住吃惊。

○ 氏家齐一郎的梦想——《辉夜姬物语（かぐや姫の物語）》

老宫退休记者发布会两个多月后的 11 月 23 日，高畑勋导演的影片《辉夜姬物语》（以下简称《辉夜姬》）正式公映，这是高畑时隔 14 年的新作。

可以说，假如没有日本电视会长氏家齐一郎，这部《辉夜姬》就不可能诞生。氏家先生特别喜爱高畑的作品，时时想看到高畑有新作问世，为此愿意提供包括资金在内的各方面的帮助，他不仅这样公开发声，而且毫不吝惜地这样做了，所以我们在影片片头字幕中特意标注了"出品人：氏家齐一郎"。然而，影片完成后他却无缘观赏了（先生于 2011 年去世），令人深感痛惜。

介绍这部作品之前，我想先简略地讲一下氏家先生。我认为，一部超大型作品的制作，必要条件之一就是必须有强大的经济后援。有了能理解作品以及作者的后援支持，我们才能毫无后顾之忧地向制作设想挑战。以前德间社长就是这样一个人。德间社长故去之后，氏家先生继承了他的志愿继续给予我们支持，使得吉卜力能够不断发展。氏家先生在他讲述自己半生经历的《活在名为昭和的时代》

图为2009年8月22日，宫崎导演、高畑导演、氏家先生于意大利阿列佐，笔者摄。
由氏家齐一郎提议，我们一行四人一同前往欧洲旅行。

（岩波书店，2012 年出版）一书中曾对高畑发出期望："请制作更多优秀的、能够传下去的作品。"与此同时，他还在书中明确表示，这是自己作为日本电视会长发出的声音，对于自己的承诺他一定会切实践行的（见同书第一章《吉卜力和我》）。

对于氏家先生，我深怀眷念之情。他为"三鹰之森吉卜力美术馆"的创立给予了极大的支持，美术馆成立后，他亲自就任负责美术馆运营管理的"纪念德间动画文化财团"理事长，也正是从那时起，我们得以定期会面。财团的理事长相当于一个企业的社长，为此我每个月必须前去向他汇报现场的运营管理情况。由于他事务繁忙，照理每次半小时左右就可完事，但是每次我去，他至少要和我谈上一个小时，有时候甚至两个小时。当我表示要告辞时，他就会生气："怎么？这就要走了？"说不清为什么，我们之间就是如此投缘，或者说性情相投。

他就任东京都现代美术馆馆长那次可真有意思。有一天，他打来电话："铃木，你知道东京都现代美术馆吗？""啊，还有这样一个地方？我不知道啊。""当然有啊，在木场。告诉你吧，我接下来就要就任那儿的馆长啦，这件事现在谁都还不知道呢，我只告诉你一个哦。"我没明白他打这个电话究竟是什么意思。他接着说道："其实呢，是想让你帮我呀。"我当即表示："只要氏家先生健在一天，我一定拼死也为您效力。""这才像话，那就说好了哦，直到我死为止。"真是个可爱的人。吉卜力的几次相关策划展出都在东京都现代美术馆举办，也是因为这层关系，"吉卜力工作室立体造型作品

展""球体关节人偶展""日本漫画电影全貌""《哈尔的移动城堡》:
大杂技展""迪士尼展""吉卜力的绘画匠人男鹿和雄展""吉卜力工
作室设计图稿展""玛丽·布莱尔展""《借物少女艾莉缇》× 种田阳
平展"等展览,吸引了大批观众前来观看,在此真的要好好谢谢氏
家先生。

　　这里要说的氏家先生的梦想,便是高畑制作的《辉夜姬》。在他
去世前不久,读到了《辉夜姬》的故事脚本,并且看到了绘至一半
的分镜头脚本,当时的感想真是只有氏家先生才说得出:"辉夜姬是
个任性的女孩,但我就喜欢这样的。"我将这话原封不动地转告给高
畑,他听了微微一笑:"正合我意呢。"原来高畑是打算将这部作品
打造成一部现代版的《辉夜姬》。

○ 进展不顺的《辉夜姬》

　　这部《辉夜姬》从计划开拍到制作完成前后共花了约 8 年时间,
制片人西村义明着手准备策划方案时年仅 26 岁,现在(2014 年)已
经 36 岁了,早已不再是吉卜力初出茅庐的小青年,而是能够独当一
面的中坚力量了。

　　众所周知,高畑是个非常执着,也是个能够坚持到底的人。最
初的设想是,只配备少数助手、花费一定时间慢慢打造,这也是高
畑自身所期望的。但是,我忽然冒出一个念头,《风起》全部由吉卜
力的成员一手制作完成,这次的《辉夜姬》要不要全部外包出去?
根据策划方案招募与之适合的人员进行制作,这是吉卜力在初创时

期所采用的方法。在考虑作品将会交出一个什么样答卷的同时，我还必须考虑人员构成、资金等方面的问题，我的设想是搞一次试验，将这些问题统统总括起来一并加以考虑，因此当西村向我提出想请吉卜力的人员协助的时候，被我全部回绝了。我告诉他，想全部外包出去。

但是，此后的进展相当迟缓。西村抱怨说："分镜头脚本简直像老牛踱步，一个月才搞出来2分钟，等到完成半小时的分镜头脚本，距离开始策划已经过去了5年！"高畑本来的设想是制作一部长度3个半小时的鸿篇巨制，经再三删减最后压缩到2个半小时（实际制作完成的影片长度是2小时17分钟），可是，按照这样的速度，影片完成要等到2020年前后了。虽说导演是高畑，但是如此迟缓仍然令我不解。我问西村："主要的问题出在哪里？是作品本身，还是高畑？"拖拖拉拉地，总是无法完成的作品当然有其难以形容的魅力，耐着性子等待它降生，不能不说也别有一番滋味。但关键是西村怎么考虑。对我的询问，西村的回答是："作品很棒啊，我真想早日让它公映。"既然如此，我便说："那就解除高畑的职务！"因为那时所有分镜头脚本已经全部完成，只要将高畑调离，其他人抓紧时间赶一赶，应该会很快完成制作。西村甚至提到，高畑曾经多次讲起，要是制片人非要解除他不可，他也没办法只好接受，所以假如明确告知他解任，他会接受的。不过最终，高畑遵照增加人手加快制作的指令，总算完成了制作。高畑就是这样一种性格。

西村对川上量生详细说起了影片终于制作完成当天高畑的情形

（见《Switch》，2013年第12期）：

> （最后一个镜头完成之后，高畑）转向我这边问道："这就结束了吗？是不是我说声OK这部片子就算彻底完成了？""是的，完成了！"听到我的回答，他嘀嘀咕咕说道："还想再干下去呢……"接着，他又小题大做地提出哪些地方还需要再修正一下，其实都是毫无必要的，就这样又磨蹭了两三个小时。他似乎舍不得就这么结束。

○ 对"线条"和"留白"的执着

观赏过《辉夜姬》的人异口同声提到的一点是这部影片绝妙的表现手法，尤其是其中对"线条"和"留白"的处理。

高畑对于线条十分在意，包括浓淡、粗细、笔触等。原画拿到他手上，他必须亲自重新描一遍，像在描红本上习字一样，这已经完全不像正常人的所为了，这样一来，所花费的时间岂止是别人的两倍，三倍四倍也有了。技术方面姑且不说，单是这种做法，只限于短片作品还好，长片作品的话全世界都没有人会这样做。正因为这样，我一开始就提醒过高畑："就做成一部短片吧？"但是高畑信心满满，他不屑于制作短片，他要做一部极富娱乐性的长片，让更多人看到他的成就。

帮助他实现这个想法的是一个叫田边修的人。西村说过："宫崎先生是进入角色当中，用感情塑造角色，田边则是凭借感觉塑造，（把自己的感觉）表现出来。"在影片的片头字幕中，田边的名字出现在"人物造型/动画设计"栏目下，将高畑的想法付诸实施的就是这个人。另外还有美术师男鹿和雄。西村在宣传通稿中这样写道："无论时间多么紧迫，（高畑）都不愿意放弃将田边修和男鹿和雄二人的才能发挥到极致的初心。终于，高畑展现出被他称为'创作顶峰'的绝妙画面。"

　　这是高畑与老宫的最大不同之处。《辉夜姬》的确有着细腻微妙的表现手法，别有味道，假如用普通动画片的线条，想必味道就会不一样了。然而老宫有着一种将大众娱乐进行到底的义务感，对高畑的做法他会说："是不是过头了？这样就可以了嘛。"事实上，老宫确实是这样做的。比方说，加拿大有位名叫弗雷德里克·贝克的人，他会将一部作品的分镜头脚本统统自己画，但老宫认为，这与制作大众娱乐电影不是一码事，大众娱乐作品没必要如此。

○　**贝克与拉塞特**

　　前文说到的弗雷德里克·贝克，他的作品《摇椅》和《种树的牧羊人》曾先后两次获得奥斯卡最佳动画短片奖，他是位家喻户晓的动画名匠，被高畑奉为"从作品与生存方式两方面来说都是我的老师"。高畑完成《辉夜姬》的制作后，无论如何都想给贝克观赏。2013 年 12 月，我和高畑一同前往美国和加拿大，此行的目的主要是在美国进行宣传推介，但高畑真正的目的却是前往蒙特利尔，请贝克观赏自己的作品。

　　当时，贝克正在与癌症做抗争，已经处于十分危笃的状态，但因为来访者不是别人而是高畑，所以很爽快地答应了我们的会见请求，并观赏了高畑的全部作品，"实在是太棒了，特别是留白的运用非常巧妙"。这应该是高畑最想听到的。我们归国后一个星期，12月24日，贝克便在家中病逝了，享年89岁。

至于此行的本来目的——赴美国进行宣传推介进行得如何呢？前来观赏的皮克斯的拉塞特其实在作品尚未完成制作时，已经观赏了其中一部分。那时他特意来日本观看《风起》，因为好不容易来一趟，所以顺便参观了《辉夜姬》的制作现场，参观时他就兴奋不已。因为他本人在制作3D动画电影的同时，对手绘的2D动画电影也十分感兴趣，他是一个始终不肯停止努力的美国人，因此对《辉夜姬》的表现手法非常吃惊：这是怎么制作出来的？他连珠炮似的盯着高畑询问，直到不得不离开。然而，当我们带着完成的影片前去时，他却明确地向我们建议，应当将这部作品与大众娱乐电影划清界限。"就表现手法而言，确实很棒，带给观众强烈的刺激，但内容仍是艺术性的，所以在美国应当选在强调艺术的影院里上映。"恰好我也有同感，自然也就不再作他想了。

○ 关于评价

迄今为止，对于一部作品公映的结果，我大致心里都会有个预判——大概能动员多少观众，结果基本上都八九不离十。但唯独对《辉夜姬》心中一点儿底都没有。

说到票房收入，《辉夜姬》不怎么妙，总计才25亿日元。虽然不少观众认为这部影片很有意思，但同时，它的影响似乎并不理想。我想，问题大概出在它作为一部娱乐影片，时长似乎还是过长了。影片公映之后没多久，出现了一个不可思议的动向，观众数有了明显的上升，这或许和影片所表现的主题有关。对于喜爱影片表现技巧的观众来说，这部影片让他们大呼过瘾。对于我来说，毕竟这部影片是高畑倾注了他对动画电影一腔痴情的作品，出现这种情况是无可厚非的，从这个意义上讲，对票房结果我一点也没有觉得受到打击。

事实上，让我感到受打击的是另一件事情，那是在年轻人中比较多的感受："什么，竟然返回月球了？"怀有这种感想的显然不是一两个。换句话说，他们所关心的只是故事情节，完全没有关注到影片的表现手法。我迄今观看过无数的影片，对于影片的故事情节基本上都已记不清了，但是有的画面却直到今天仍历历在目，也就是说，影片的表现手法会给我留下深刻印象。但是，年轻观众不以这种方式观赏影片。得知年轻观众对影片所抱的期待与我们的初衷南辕北辙，这件事情令我很受打击。由此我也得知，现代社会中，人们早已将一部影片是如何表现的这一要素弃之一边，只对故事情节的复杂性倾注极大的关心。

○　宫崎的作品和高畑的作品

对比《风起》与《辉夜姬》可以看出，老宫和高畑两人都非常努力了，并且都有一种完成目标的成就感。老宫仍旧是老样子，自己动手改画稿，同时也对画稿做出指示让他人不断地修改，对十数万张的画稿他都会指手画脚地参与其中。而高畑更是让人钦佩，《辉夜姬》接近完成的最后一个月，他每天都工作到凌晨两点，那时他可是一个已经78岁的老人啊。我当然也尽力奉陪，不过到最后，我已经是累得昏头昏脑的了。

让他们二人尽情地制作他们喜爱的作品，这是我始终坚持的指导思想。为此我确保他们的资金，同时也确保他们时间充裕，对我来说，我感觉是因为我欠了他们人情，所以我一定要还。钱的话题我不想多提，不过这两部影片整整花费了100亿日元！简直是前所未闻的巨额成本，就连其他合作的公司也都惊得脸色陡变，一个劲儿地追问："怎么才能收回啊？"但这不是我所关心的。我只知道，老宫和高畑都倾注了巨大心血和感情才制作出这样的作品，我永远欠他们一个人情，这是我的真心话。

想起来，不仅仅是这两部作品，老宫和高畑制作的所有作品都属于适合少男少女在成长过程中观赏的影片。也有观点认为《风起》是一部成人电影，但要让我说的话，这完全是胡扯，影片塑造了一个男主人公，还有一个支撑他成长的女主人公，这样的影片给少男少女观看才有意义嘛。对了，这样说起来，老宫在其退休记者发布会上说道：

我受到许多儿童文学的影响，才进入到动画电影这个世界。

我认为，这份工作的根本在于要告诉孩子们一个道理："这个世界值得生存下去。"没有这一点是不行的。这个想法直到今天，依然没有改变。

　　吉卜力的电影作品为什么能够打动全世界观众的心？很多人认为是因为影片的主题，但我认为最大的原因并不是这个，而是表现手法。表现手法才是作品魅力的根源，比如《龙猫》。《龙猫》中有个小梅骑在龙猫背上跳来跳去的画面，对吧？让人看着非常舒爽的画面。它是用铅笔画出来的，这恰恰是动画电影的魅力所在。能够用这种手法表现的动画师究竟是什么样的人呢？这可是前所未有的啊。所以宫崎骏这个人确实是了不起，高畑评价说："宫崎骏的作品有一种让肉体得到快感的功能。"诚如斯言啊。

○　**奥斯卡颁奖典礼上的插曲**

　　吉卜力的作品在世界上是如何被评价的？关于这一点有件十分有趣的事情。那是 2014 年 3 月，在奥斯卡颁奖典礼上发生的一个小插曲。之前《千与千寻》获奖时，吉卜力没有一个人出席典礼，故而此次我是第一次出席颁奖典礼。令我吃惊的不只是颁奖仪式，还有此前两天举行的小组讨论。动画长片单元所有被提名的作品的导演及制片人悉数前来，最后是提问环节，其中有个问题是"在你看过的动画作品中选出一部你认为的优秀作品"，结果竟然所有人举出的都是宫崎骏的作品！其中多数人的答案是："不管怎么说，我觉得应该数《千与千寻》吧。"有的人甚至一边说一边还流下了感慨的热泪。老宫竟然如此受到尊敬，简直被视为动画之神了。这个场景令我非常震惊。

顺便说下，最终获奖的作品是《冰雪奇缘》，该片的导演克里斯·巴克和珍妮弗·李提名的也是宫崎骏的作品。本来他们是将我们视为竞争对手的，因为在颁奖典礼的前一晚，《冰雪奇缘》的出品人、皮克斯的拉塞特与吉卜力联手共同举办了一场晚会，晚会上，《冰雪奇缘》的这两位导演与我自始至终没有一句交流，连视线都不朝我这边扫（笑），可能是太紧张了吧。宣布获奖的那一刻，两人激动得热泪盈眶。

回到前面的话题。小组讨论的时候，有件事情让我很是惊讶。主持人向我提出一个问题："铃木先生，听说宫崎先生想拍其他的作品，但铃木先生劝他拍摄《风起》，这是真的吗？"我当即回答"不错，是这样"，并且做了一番说明。当时这件事情就算过去了，事后我却听到对方这样的感慨：一般来说，如今的制片人基本上拿不出什么像样的策划方案，完全凭借过去的经验往前走，而《风起》是一个票房具有一定风险的作品，制片人竟然能左右导演的意向，极力推荐导演拍摄这部《风起》，这在美国是无法想象的。我听了先是惊讶，转而一想，他说得确实有道理。因为整体来看，现在的美国动画电影界一味追求安稳，大多是改编重拍的作品。

○　一个现实主义者的作用

借用某人的说法，老宫是个善于调动观众娱乐兴趣的艺人，高畑则是一个艺术家。这话也许有一定道理，但更重要的是，这两个人在某种程度上都有着理想主义色彩。而我能够与这两个理想主义者愉快地合作至今，是因为我是个现实主义者。我能够毫不犹豫、理性地处理好各种事务，所以才能与他们长期友好地合作到今天。高畑曾经说："我生平遇到的各色各样的人当中，铃木是最理性的人。"

说实话，我喜欢给大人看的电影（笑），像小津安二郎的《东京物语》那类影片，冒险片、动作片之类电影我欣赏不来，所以我碰都不碰。当然，仅凭个人喜好做事是不行的，个人兴趣必须与工作截然分开，我能够做到这一点。实际上，制片人过于激进是很危险的，因为这样会导致应当预见到的事情却看不见，虽然仅凭理性冷静也不一定能把事情做好，但制片人的基本素质之一是不能头脑发热。

对于一部作品，我不会将自己的情感代入，而是把它视为一件物品进行作业。例如《千与千寻》，这部时长124分钟的影片，我还在绘制分镜头脚本的时候就做了统计，算出片中登场人物各自的登场时间，我不管它是不是片中的重要场面，我只关心每个人物登场的时长，按照秒数统计，登场时长仅次于千寻的是无脸人。虽说只是机械性的统计，但从中也可以反映出作者的深层心理，所以我将《千与千寻》的宣传方向锁定在千寻与无脸人的关系上，老宫猛然听到这个设想时一瞬间有点迷惑不解。（笑）还有，对影片中的台词部分，我也曾画一个又一个的"正"字进行统计。制作《岁月的童话》的时候也这么干过。脚本完成后，我让人拿了一个时钟放在旁边开始掐秒数，同时请人朗读脚本，结果，整部作品的时长超过了两小时。作为制片人最担心的是什么？当然是制作成本，动画片的制作成本是由其时间长度决定的。我将脚本每一个镜头的秒数全都写在边上，然后拿给高畑，告诉他整部影片的时长一共是多少，这儿这儿能不能再压缩一点。高畑吃惊地说道："你居然还这么干？我制作动画片这么多年，能干这种事情的，铃木你是我见到的第一个！"这样做果然取得了效果，片长缩短了。

○ **吉卜力面临的课题**

吉卜力工作室是 1985 年成立的，到 2014 年，算起来吉卜力已经走过了 30 年，迎来了它的一个重要节点。

最初，吉卜力采用的是根据每一个制作项目而召集人手，完成制作后就立即解散这样一种体制，后来经老宫提议，吉卜力建造了公司自己的制作工场作为据点，同时开始雇用员工。如今尝试了 20 多年。我认为，这种体制还是成功的。工作室还建立了研修制度，有许多方面的动画师就是从这里登上事业征途的。有的人从吉卜力辞职后活跃于动画业界的各个领域，对他们来说，在吉卜力学到的经验绝对产生了巨大的影响。吉卜力不仅仅是一个企业，在提升日本动画的水准方面也发挥了重要作用。然而，这种体制是因为有老宫在才成为可能。遗憾的是，为了维持这一体制必须花费不菲的成本，并且数额在年年攀升。看来，一切都靠自己完成的做法毕竟是有极限的。

这里附带说一句，我不愿意通过扩大各种关联业务解决眼前遭遇的困难。像利用影片的动画形象将其商品化，开发和销售周边商品，这种建议并不在少数。但是，如果按照这一路径不断去扩大业务范围，就真的变成商人了。吉卜力是个以制作艺术作品为核心的企业，必须让它坚持技艺高超的制作工场这一定位。假如改变这一定位，我们为什么还要成立企业呢？岂不是自己把自己搞糊涂了吗？因此，在销售周边商品这方面，我们力求加以控制，不要突破一定的规模。

如果要对以往的成长经历做一个概括性的评价，就是之前的现场制作体制到了不得不变革的时候。今后究竟如何发展？作为体制变革的试金石，就是 2014 年夏天上映的《记忆中的玛妮（思い出のマーニー)》。

○ 《记忆中的玛妮》启动

2012 年 1 月前后，《风起》仍在制作中，麻吕（米林宏昌）来到我这里，对我说："我还想当导演。""为什么？""因为还有些事没干完啊。"于是，我当场将琼·G. 罗宾森所著的《记忆中的玛妮》(岩波出版社少年文库，以下简称《玛妮》) 递给了他。

我一直有将《玛妮》改编成动画电影的念头，而将它作为麻吕导演的第二部作品非常适合，理由有三个。第一，这部作品是关于两名少女的故事。根据我的推测，麻吕在年轻的时候特别喜欢关于少女的故事，就像老宫喜欢画战斗机一样，他曾一个劲儿地绘少女图画，将此次项目交给他来做，我相信他一定会很高兴。第二，我预感到它将是一部不同于宫崎骏风格的作品，老宫有可能制作不出一部理想的《玛妮》。这部作品比之前吉卜力制作的影片，在刻画方面更加深入，也更加细腻，因为麻吕的性格比老宫细腻得多，加上年轻，直觉告诉我，他能完成一部与老宫的奇幻风格截然不同的富有魅力的作品。第三，则是因为这部作品中没有男性角色。一般的故事主角不管是男是女，都是由男女共同完成的，而这个故事却没有男性，换句话说，这是一部非常具有现代性的作品。

在我接受麻吕还想当导演的要求之前，我也考虑过：老宫退休，高畑则面临年龄不饶人的巨大压力，在这种状况之下，下一部作品是间隔一段时期制作，还是继续不间断地投入制作？最终，我判断还是继续不间断地投入制作更有利。正因为已经看到他们二人行将走完各自的创作生涯，所以必须不失时机地寻找未来之光。恰在此时，麻吕向我主动请缨，当然必须干了。

与此同时，我还想，我自己也应当换一个角色了。西村担任《辉夜姬》的制片人时干得非常棒，不如让他来担任《玛妮》的制片人，而我则作为出品人为其助阵，只要把握大局，其他都放手交给现场的人员去做吧。我也确实这样做了，后面的事情全部交给了麻吕和西村两人。

○　**会集最优秀的制片人员**

我敲定了策划方案，并确定了故事的大致发展方向。脚本仍由丹羽圭子担任。我找到安藤雅司和种田阳平二人，将他们拉入制作班底，担任其中的骨干成员。做了这些工作之后，其余便统统以西村为中心，交给现场制片人员了。

动画师的中心人物是安藤雅司。他在《幽灵公主》和《千与千寻》的制作过程中大放异彩，后来从吉卜力辞职去别处发展，制作《辉夜姬》的时候重新加入进来。他很想参与制作高畑的作品。我问他："愿不愿意过来协助麻吕？"他其实是麻吕的前辈，本想当导演的。他仔细读了原作，又读了脚本，随后提交了一份制作方案，建议忠实地再现原作主题。我向麻吕询问，他表示同意。他非常希望安藤来帮他，为此曾经明确地对我说："为了完成这部作品的制作，无论如何我都希望安藤加入进来。"结果，最后的脚本是由丹羽、麻吕和安藤三人共同完成的。

现在还剩一个问题，就是美术师。我的意向是种田阳平。就日本电影界来说，最棒的美术师便是种田阳平。我和他因某个机缘，很早就结识了。我向麻吕推荐了种田。麻吕表示"要是这个人能来，我举双手赞成"。种田虽然没有动画经验，但在电影美术这一块具有十分高超的技艺。于是我向种田说起，他高兴地应下来。最终，这部作品的故事情节由安藤负责，背景的美术制作由种田负责，由于这两个人的加入，构成了一个强有力的核心班底。

好事接踵而至。西村曾经担任制片人制作《辉夜姬》，前面提到，制作《辉夜姬》的时候采用了外包制作的方式，由于这层关系，西村结识了一批极有才华的动画师，所以他们也加入了进来。此外，本来有一批动画师和美术师要参加《新世纪福音战士》的制作，但出于种种原因，《新世纪福音战士》的制作被耽搁了下来，这些《新世纪福音战士》制作班底的骨干统统加入了《玛妮》的制作班底。

动画制作现场，会集了一大批日本最优秀的制片人员，简直令人不敢想象。

○ 宣传推广的要领——广告语

西村作为制片人，领导和管理着整个制作现场，影片制作进行得十分顺利。眼看快进入准备宣传推广的阶段了。宣传推广是制片人的重要职责之一，说实话，我本来设想这个也一并交给西村干的，不过他对这一摊子工作还不太熟悉，并且他也希望我这次帮他一把。既然拜托我来做，我便潜心思索并提出了方案。

影片的宣传推广首先是从广告语开始。这也许是吉卜力的独特之处。确定广告语，实际上是将宣传推广的基本方针具体化（实际效果如何是另一回事），要找出作品的魅力在何处，影片最根本的思想究竟是什么。

我是从《幽灵公主》开始强烈意识到这一点的。当我决定将广告语重心集中在"生存"上时，受到了电影界众多专业人士的猛烈抨击，但我毫不相让。从结果来看，我认为这条广告语的确为作品大获成功给出了一个宣传推广的方向。《千与千寻》的广告语则是："唤醒'生存下去的力量'！"全都是与生存方式联系在一起的。将这类关键词置于广告语的核心位置，对观众很具有号召力。

再来说说《猫的报恩》。海报上是主人公躺在草原上，旁边是广告语："猫的国度，是无法在自己的人生中活下去的人去往的地方。即使变成一只猫又怎么样？"最要紧的是顾及观众的感受，因为现今，所有人心中都充满不安。这部影片的票房收入达到了 64 亿日元，假如依照一般的宣传推广手法，至多也不过 10 亿日元或 20 亿日元。一位业内人士说，宣传推广具有不可估量的力量，其核心要领就是广告语。

那么，这次应该怎么做？众人提出了各种方案，但意见总是无法达成一致，实在找不到一个众口一词的方案。思考广告语的时候，需要两个大脑来共同完成，一个按正常的思维冥思苦想，一个负责抓住转瞬即逝的灵光一闪念。众人纷纷提出方案后，我忽然想到一句："我喜欢你！"时间已经迫在眉睫，就在快到截止时间的时候，不经意地就冒出这么一句。因为现在的人都在寻觅一个值得对其说出"我喜欢你"的人，也急切地期盼某个人对自己说出这句话。这句简简单单的话，既没有满口讲什么大道理，又具有一定的新鲜度。尤其有趣的是，这句话全部用汉字写出来时，话语的氛围也会随之一变，真是不可思议。

结果众人全都举手赞成。接下来便是按照这个思路付诸行动。这句广告语也成了预告片中的主题。我希望观众能从中感受到新吉卜力的一个全新开端。

○ 迎来 30 年这个重要节点

我从很早的时候就想，吉卜力成立 30 年应该是告一段落的时候了，并且我也公开这么说过。我还有很多很多的事情想做，但我不想树立一个宏大的目标。我从来喜欢认认真真努力做好当下的事。

我曾经这样说（见全国障碍者问题协会主办《大家的期冀》，2013年10月号）：

> 人有两种生存方式：一种是目标明确，为了达成目标坚持不懈地努力，但这不是轻轻松松就能做到的，我就属于这种没有目标的人；另一种则是认认真真做好眼前的事情，在做的过程中逐渐发现自己应该前进的方向。我想，这才是鲜活的生存方式。

> 人生总会遭遇各种困难，我们还是把困难视为一种乐趣吧。这种时候的应对诀窍，是将困难看成与己无关的"他人事"。假如你能客观地直视问题，就一定能找到解决困难的方法。

认认真真努力做好当下的事，这是我不曾改变的一贯姿态。一直以来，我基本上都是采取被动守势的方法一步步走过来的。我坚信，只要做好当下的事情，就可以打开通往未来的门。现在我仍然是这样做的。

当然，走到今天这一步，少不了会冒出很多想法。为了让我们的作品获得成功，我始终注意观察社会的发展动向，我深切地感受到，人们现在都不愿意思考了。对此我感到不安。动画电影之外的事情我不想评判，只想说一句，针对修改《宪法》第九条的问题发出自己的声音，围绕核电开发问题表达自己的见解，等等。之所以会出现这种种现象，其实也是因为人们通过这种方式在表明自己的危机感，许多问题恐怕已经到了不得不说的时候。

真想再好好思考一下关于电影的种种问题。从某种意义上说，电影是时代的一面镜子。同时，电影也好，电视也好，客观来讲，如今确实面临着完全非过去所能比较的严酷境况。那么，作为一名制片人，有什么可以做的？虽然眼下还看不分明，但我认为，必须让自己置身于现在进行时中观察和思考。未来会怎样，一切都始于现在。

作者的作品：

- 《现在想起来的不安来源，为了消除不安采取的正确宣传方针的笔记，或者说是〈菩提饼山万福寺本堂羽目板之恶戏〉》（内部资料，1994 年 3 月 8 日）
- 《〈心之谷〉的宣传理念——抑或是关于近 20 年来的女性地位》（内部资料，1995 年 4 月 10 日）
- 《吉卜力工作室十年史》（昂西国际动画电影节演讲原稿，1995 年）
- 《电影〈幽灵公主〉的说明资料》（内部资料，1996 年 2 月 26 日）
- 《关于〈幽灵公主〉这个名字》（《电通报》，1997 年 10 月 6 日）
- 《德间社长与野间宏》（第八届日本独立电影节简介，2001 年）
- 《〈千与千寻〉战胜了迪士尼》（《文艺春秋》，2002 年 10 月号）
- 《新春动画对谈》铃木敏夫与押井守对谈（《读卖新闻》，2004 年 1 月 1 日）
- 《不宣传的宣传》（《哈尔的移动城堡》新闻资料，2004 年）
- 《漫画电影与动画电影》（东京都现代美术馆"日本漫画电影全貌展"，2004 年 7 月 15 日首展图录）
- 《公私不分的人》（尾形英夫《攻击那面旗！Animage 血风录》，2004 年）
- 铃木敏夫与山田洋次对谈《两个热爱电影的人的电影制作建议》（《电影旬报》，2004 年 12 月下旬号）
- 《电影道乐》（2005 年）
- 《我们见证了电影的制作与发行》铃木敏夫与铃木康弘对谈（《热风》吉卜力工作室，2005 年 5 月 10 日号）
- 《红色土地》（东京都现代美术馆"吉卜力的绘图专员——男鹿和雄展"，2007 年 7 月 21 日首展宣传折页）
- 《顺风而起》（2013 年中央公论新社）
- 《享受"当下"》（全国障碍者问题协会主办《大家的期冀》，2013 年 10 月号）

其他：

- 高畑勋专访《我是煽风点火的制片人》(《〈风之谷〉浪漫特别纪念刊》，1984 年）
- 高畑勋《献给全体现代人的友爱之作》(1985 年 10 月 17 日《天空之城》记者会专用资料《吉卜力纪念册：天空之城》，2001 年）
- 高畑勋《爱的火花》(宫崎骏《出发点》，1996 年）
- 高畑勋《漫画电影志》(2007 年）
- 《吉卜力工作室第三十年的首次三人对谈》高畑勋、宫崎骏、铃木敏夫三人对谈（《文艺春秋》，2014 年 2 月号）
- 氏家齐一郎（由盐野米松听写）《活在名为昭和的时代》(2012 年岩波书店）
- 《传说中的男人：高畑勋是如何回归的?》西村义明、川上量生对谈（《Switch》，2013 年 12 月号）

- 1948 年 8 月 19 日出生于日本爱知县名古屋市。
- 1964 年 4 月进入东海高等学校就读。
- 1967 年 4 月进入庆应义塾大学文学部就读（主修社会学、心理学和教育学）。
- 1972 年 3 月庆应义塾大学文学部毕业。
  3 月进入德间书店株式会社工作，隶属于《朝日艺能》周刊编辑部。
- 1973 年 3 月转调至《朝日艺能》周刊《漫画 & 漫画》编辑部。担任特辑之页的编辑。
- 1974 年 9 月转调至《朝日艺能》周刊特辑小组，负责每周的特辑之页的编辑。
- 1975 年 10 月转调至儿童少年编辑部的《月刊电视乐园》。
- 1978 年 5 月 26 日月刊《Animage》创刊号发行（7 月号）。自创刊号开始担任编辑，首任总编辑为尾形英夫。
- 1979 年 12 月 15 日宫崎骏导演的作品《鲁邦三世：卡里奥斯特罗之城》（东京电影新社制作）公开上映。
- 1980 年 3 月就任《Animage》主编。
- 1981 年 4 月 11 日高畑勋导演的作品《小麻烦千惠》（东京电影新社等制作）公开上映。
  7 月《Animage》8 月号刊载宫崎骏特辑。
- 1982 年 1 月企划《Animage》自 2 月号开始连载宫崎骏的漫画《风之谷的娜乌西卡》。
  8 月就任《Animage》副总编辑。
- 1984 年 3 月 11 日宫崎骏导演的作品《风之谷》（TOPCRAFT 制作）公开上映。名列制作委员会成员之一，自此开始真正地参与电影制作。
- 1985 年 6 月 15 日在东京吉祥寺成立吉卜力。
- 1986 年 8 月 2 日宫崎骏导演的作品《天空之城》公开上映，这是吉卜力工作室制作的第一部作品。名列制作委员会成员之一。
  10 月就任《Animage》总编辑。
- 1988 年 4 月 16 日高畑勋导演的作品《萤火虫之墓》及宫崎骏导演的作品《龙猫》（两部影片皆为吉卜力工作室制作）以联映的方式公开上映。名列《龙猫》的制作委员会成员之一。
- 1989 年 7 月 29 日宫崎骏导演的作品《魔女宅急便》（吉卜力工作室制作）公开上映。挂名助理制片人，但较之前的吉卜力作品更进一步参与并担任执行制片人。

10 月调往吉卜力株式会社，专职在吉卜力工作室工作。

- 1990 年 11 月自德间书店株式会社离职。

  12 月起隶属于吉卜力工作室，就任该公司理事。

- 1991 年 7 月 20 日高畑勋导演的作品《岁月的童话》（吉卜力工作室制作）公开上映。首度担任记名制片人。之后在所有吉卜力工作室的长片动画电影中担任制片人。

- 1992 年 5 月荣获第 11 届藤本奖特别奖。

  7 月 18 日宫崎骏导演的作品《红猪》（吉卜力工作室制作）公开上映。

  8 月迁至位于东京小金井的吉卜力工作室的办公大楼。

- 1994 年 7 月 16 日高畑勋导演的作品《平成狸合战》（吉卜力工作室制作）公开上映。

- 1995 年 7 月 15 日近藤喜文导演的作品《心之谷》（吉卜力工作室制作）公开上映。宫崎骏导演的音乐短片作品 *On Your Mark* 同时上映。

  12 月就任株式会社吉卜力工作室常务理事。

- 1997 年 6 月随着株式会社吉卜力工作室被母公司德间书店兼并，同时就任德间书店理事及吉卜力工作室董事长。

  7 月 12 日宫崎骏导演的作品《幽灵公主》（吉卜力工作室制作）公开上映。改写日本电影史票房纪录。

  11 月获第 14 届山路文子文化奖。

- 1998 年 3 月与宫崎骏在走访圣·埃克苏佩里足迹的电视节目中担任企划，经由法国前往撒哈拉沙漠。

  6 月获第 17 届藤本奖。

- 1999 年 7 月 17 日高畑勋导演的作品《隔壁的山田君》（吉卜力工作室制作）公开上映。

  9 月为《幽灵公主》在北美上映的宣传活动赴美。

  10 月随着德间书店株式会社从公司制转换成母事业编制，就任德间书店株式会社理事及吉卜力工作室事业部本部长。

- 2000 年 3 月井之头恩赐公园三鹰之森吉卜力美术馆举行动工仪式。

  9 月德间康快社长去世，就任德间书店常务理事及吉卜力工作室事业部本部长。

  12 月庵野秀明导演的真人电影《式日》（吉卜力工作室制作）于东京都现代美术馆公开上映。负责该片制作。

- 2001 年 7 月 20 日宫崎骏导演的作品《千与千寻》(吉卜力工作室制作) 公开上映，11 月超越《泰坦尼克号》，创下日本电影史最高票房纪录。

  9 月成立财团法人德间纪念动画文化财团，就任该财团理事。

  10 月 1 日三鹰之森吉卜力美术馆开馆。

  12 月为《千与千寻》上映宣传活动赴法。

- 2002 年 2 月出席第 52 届柏林国际影展，《千与千寻》荣获金熊奖。

  2 月荣获 Élan d'or 制片人奖。

  5 月荣获第 21 届藤本奖。

  7 月 20 日森田宏幸导演的作品《猫的报恩》与百濑义行导演的作品《吉卜力工作室特别短片合辑 2》(两部影片皆为吉卜力工作室制作)以联映的形式公开上映。担任《吉卜力工作室特别短片合辑 2》的角色原始设计。

  9 月为《千与千寻》宣传活动赴美。

  11 月荣获第 1 届日本创新者大奖。

- 2003 年 3 月《千与千寻》荣获第 75 届奥斯卡金像奖最佳动画长片奖。

- 2004 年 3 月 6 日押井守导演的作品《攻壳机动队 2》(吉卜力工作室制作)公开上映。担任共同制片人。

  4 月连续 5 年受聘担任东京大学的"咨询创造科学产学合作教育项目"特邀教授。

  9 月出席第 61 届威尼斯国际影展，《哈尔的移动城堡》荣获技术贡献奖。

  11 月 20 日宫崎骏导演的作品《哈尔的移动城堡》(吉卜力工作室制作)公开上映。

  11 ～ 12 月，为《哈尔的移动城堡》上映宣传活动等事宜访问英、法。

- 2005 年 3 月 31 日吉卜力工作室事业本部从德间书店株式会社独立出来，成为新的吉卜力株式会社。就任代表理事社长。

  4 月第一本著作《电影道乐》出版。

  6 月为《哈尔的移动城堡》的宣传活动赴美。

- 2006 年 7 月 29 日宫崎吾朗导演的作品《地海战记》(吉卜力工作室制作)公开上映。

- 2007 年 1 月德间书店前常务尾形英夫去世。

  3 月荣获第二届渡边晋奖。

  10 月广播节目《吉卜力式汗水》开播，担任主要主持人。

- 2008 年 2 月就任吉卜力株式会社代表理事制片人。

  7 月 19 日宫崎骏导演的作品《崖上的波妞》(吉卜力工作室制作)公开

上映。

- 2010 年 3 月担任设计的猫"粉喵拉"登场的日清制粉集团广告片开始放映。

  7 月 17 日米林宏昌导演的作品《借物少女艾莉缇》（吉卜力工作室制作）上映。

  10 月获得 ASIAGRAPH2010"创造奖"。

- 2011 年 3 月日本电视台放送网会长氏家齐一郎去世。

  7 月 16 日宫崎吾朗导演的作品《来自红花坂》（吉卜力工作室制作）上映。

  8 月著作《吉卜力的哲学——改变的事物与不变的事物》（岩波书店）出版。

- 2012 年 6 月与高畑勋、宫崎骏一同被美国罗德岛设计学院（RISD）授予荣誉博士学位。

  7 月与庵野秀明共同制作的樋口真嗣导演的作品《巨神兵在东京出现》（吉卜力工作室制作）于东京都现代美术馆的展览会"庵野秀明馆长的特摄博物馆"上映。

  11 月《福音战士新剧场版：Q》在电影院公映。

  11 月《电影道乐》文库版（角川文库）出版。

- 2013 年 3 月将电台节目进行汇总的书《铃木敏夫在吉卜力的汗水 1》（复刊 .com）出版，7 月《铃木敏夫在吉卜力的汗水 2》出版。

  7 月 20 日宫崎骏导演的作品《风起》（吉卜力工作室制作）上映。

  8 月著作《顺风而起》（中央公论新社）出版。

  11 月著作《铃木敏夫在吉卜力的汗水 3》（复刊 .ccm）出版。

  11 月 23 日高畑勋导演的作品《辉夜姬物语》（吉卜力工作室制作）上映。担任其策划。

  11 月获得第 58 回电影之日特别功劳勋章。

  12 月与高畑勋导演共同造访加拿大和美国，邀请弗雷德里克·贝克、约翰·拉塞特等人参加《辉夜姬物语》的试映会。

- 2014 年 3 月获得第 64 回艺术选奖文部科学大臣奖。

  5 月获得第 2 回全广联日本宣传奖正力奖。

  7 月 19 日米林宏昌导演的作品《记忆中的玛妮》（吉卜力工作室制作）上映。担任其制作总经理。

后记——诞生于闲聊中的作品

为什么我要出版这样一本书呢？

我根据笔记上记载的，与岩波书店负责销售的井上一夫先生的初次见面是在 2005 年 12 月 16 日，距离现在（2008 年）大概是两年半以前的事了。

当时我们正在谈有关电影《地海战记》合作的事，他突然冒出一句："要不您在岩波出本书吧？"

我马上就拒绝了他。但是他那时还是给我留下了很特别的印象。理由之一是我听说当他还在编辑部里工作时，是当时最畅销作品《大往生》（永六辅，1994 年）的主编。这令曾同为编辑的我记忆颇深。因为我作为前编辑，对于"最佳畅销书"这样的名头还是很在意的。

我跟他聊了一会儿，心里就明白了，他是个善于抓住事物本质，对那些无关紧要的小事舍得放弃的人，看得出他在抓大局上做过相当充分的训练。换句话说，他是个非常善于把握分寸的人，同时又具备观察事物的细致性，而且他跟人交往的时候很注意照顾别人的情绪，给人和蔼可亲的感觉。总之，他是个非常细心体贴的人，简直可以说是个理想的编辑，再加上他和我同龄，我对他印象很深。

而且我记得，他在阐述自己想制作出版我所写的书的动机时，竟然能够把一些常人难以启齿的理由笑嘻嘻地说出来："我对高畑先生和宫崎先生都没有兴趣，但我对您非常感兴趣。因为像高畑先生和宫崎先生那样的天才，常人是无法复制他们的模式的，但如果是铃木先生，常人还是可以模仿的。"

　　乍一听真是没礼貌的话，可他竟然能若无其事地说出来，真是服了他。不过，再转念仔细想想，似乎我也常对初次见面的人这样直言不讳，于是很自然地就记住了井上。

　　后来，高畑勋和宫崎骏的书都在岩波相继出版发行，就是《漫画电影志》和《布拉卡姆的轰炸机》。在我看来，井上既然连不感兴趣的两个人的书都出了，可见是放弃劝我出书的事了，心中暗自得意，在此事上是我胜了他。

　　那以后，井上也没有再来找过我。

　　后来有一天，为了庆祝《漫画电影志》一书工作的完成，高畑和吉卜力出版部的田居因还有我三人去了位于岩波书店附近的中国料理店吃饭。回来的路上，我们遇到了井上，他突然神秘地靠近我耳边悄声说道："接下来就轮到铃木先生你啦！"

　　我大吃了一惊，不知道说什么好。正如刚才所说的，我还以为出书的事已经结束了，没想到井上并没有忘记。就在我一时不知说什么好的情况下，不知怎的，就演变成我跟他约好下回详谈的局面了。

　　之后，高畑也靠过来对我说："看来井上的真命天子是你啊！"

　　当时是 2007 年的夏天，本书的写作就这么开始了。

井上的方案是采取口述记录的方式，他不仅要担当采访人，还要自己执笔原稿。说真的，我还真有点怀疑，他身为销售负责人还要做这些事，能否忙得过来。他回答："这些工作都是留到下班后完成的。"没想到他为此竟然要承受如此大的工作量。采访时在场的还有古川义子，她负责记录采访的过程和整理采访内容。吉卜力方面，则是由在《Animage》时期曾与我共事过的田居参加。

我的助手白木伸子则是负责收集我写过的文章和杂志上刊登过的对我的访谈，并提供给井上。

采访前后进行了好多回，事情很顺利地往前推进，但我突然有种不好的感觉。我担任过编辑，而现在是制片人，但在这件事上，我作为被采访者，有种"人为刀俎，我为鱼肉"的感觉，压力还是很大的。

不久，我有了一个缓解压力的好机会。

2007年10月，在经济产业部主办的日本国际电影节上，有一个环节叫"3小时剧场秀"，我收到了邀请函。它的主题是在3个小时里可以选择自己喜欢或愿意表演的节目去表演。

如果是在一般场合我肯定会拒绝，但这次不一样，传话给我的人是前段时间我刚麻烦过他的重延浩先生，而且据他说，是日本电视台的氏家齐一郎向主办方推荐我的。

经过考虑，我萌生了一个主意：不如就把关于这本书的采访现场搬到节目中去吧！也就是让井上在节目中表演。

我暗暗地觉得这真是个"一石四鸟"的好主意，这样一来我对主办方也有了交代，书的内容也有了，而且还能反过来把井上变成砧板上的鱼肉，这样我的压力自然也会削减。

虽然我的如意算盘是这样打的，但井上是个跌倒也不会空手而回的人。

后来事情的发展果然没依我所想。井上为此做了很多准备，包括整理了之前做的采访内容，我却什么都没有准备，而且事前对井上要提的问题也一无所知。结果当然可想而知：我再度成了砧板上的鱼肉。

会后，我们参加了重延先生举办的宴会。在宴会上，我从井上那里听到了这样有趣的一段话：

> 我认为把英语中的 editor 翻译成日语的"编辑"是不正确的。因为欧美的 editor 是指编辑文字的人，而在日本，大多数情况下，编辑并不只是干这样的活儿。

这话让我印象深刻，我脑海里浮现出了井上所说的日本编辑的形象。一般来说，日本的编辑大多要与作者闲聊，作品多半诞生于这样的闲聊过程中。而欧美的 editor 则是从作品的主题开始与作者交涉，这与日本的编辑完全不同，我觉得井上应该是对日本编辑的做法感到很骄傲。这样想着，我就明白了他要制作这本书的意图。

我想起他曾对我说："我对您说的自己是个编辑型制片人很感兴趣。"我很赞同他的观点。

在日本，制片人的含义也与欧美有很大的不同。在欧美国家，电影大多是以制片人的意思为主导进行创作的，而电影导演不过是受雇于制片人罢了。但是在日本，电影的主题大多是在制片人和导演的闲聊中产生的，并以导演为中心展开制作。

在 NHK 的《专业人士的作风》栏目中，进行到采访我的那一段时，老宫曾这样评价我："他总是不露痕迹地让你去做事，不露痕迹地催促你做事的进度。"

最后，我终于下定决心把书的事都拜托给了井上。

铃木敏夫

2008 年 6 月

追记

在吉卜力有位叫野中晋辅的同人，他的特点是凡事都喜欢用记录代替记忆。于是我让他帮忙看了一遍本书的原稿，果然找出了很多与事实有出入的地方，我的履历记录也是他帮我做的。

新版后记——关于花

稍微来谈一谈花。

我之所以喜欢蝴蝶兰开出的花，是因为我的母亲喜欢。理由仅此而已。或许这就是理由吧。

我有个外孙，他父母给他起的名字叫"兰堂"。那个时候，我才知道，原来我女儿也喜欢兰花。孩子的名字当中，或许寄予了他们希望孩子像兰花一样堂堂正正地生存下去这样一种美好的愿望吧。看来，我家祖孙四代都喜欢兰花。

托了荣获艺术选奖文部科学大臣奖的福，各方面给予我极大帮助的人士络绎不绝地给我赠来兰花，为此，我的家里简直成了一个兰花的世界。家母忍不住一个劲地赞道："真漂亮啊！"女儿则拍下了兰堂被兰花团团围住的照片，兰堂也高兴得不得了。

顺便说一下，家母今年春天满 91 岁，我女儿 38 岁，外孙刚刚 2 岁，而我也已经 65 岁了。四代人同住在一栋公寓里。

获得艺术选奖文部科学大臣奖之后，各路人马纷纷给予了我无法承受的祝贺之语。身为一名制片人获得这一殊荣，据说是件划时代的事情。就电影艺术来说，之前都是颁给导演等现场第一线的制片人员的，以表彰他们在艺术创作中取得的不俗成就。

我一开始接到电话联络时，还以为又是颁给宫崎骏的，觉得与我无关，加上老宫已经退休了，所以听过也就过去了。当得知并不是那么回事的时候，我的第一反应却是，这下不好办啦。

不久前，关于我"急流勇退"的报道甚嚣尘上，给人造成不小的困惑，写有"长年坚持，辛苦了"的信件像雪片一样飞来，甚至接到许多来自国外的询问，人多势众、众口一词，以致我心里暗自琢磨，莫非是在劝说我退休？此次获奖，我的心情也十分复杂。事实上，我感觉这大概又是年轻人的"劝退书"。

此外，这话现在说恐怕要被人讥为"马后炮"了：制片人的工作是躲在幕后，对于原作的贡献几乎等于零，但是抛头露面太多了。事实上，这样的批评一定有的。但是，假如我推三阻四地不肯接受，势必会给很多人平添麻烦。经过电话中的一番询问，我刹那间清醒过来，于是便爽快地表示接受颁奖。

于是，有人开始往工作室这边送兰花了。老宫注意到了。为了封住我的嘴，他对我说："铃木，你得什么奖了？铃木，那是你确实应该得的。"

轮到自己头上，老宫总是寻找各种各样的借口拒绝接受颁奖，现在他却对我这样说。这是最令我高兴的。

编辑告诉我在 2008 年版的"后记"后面写一段话作为新版后记，我一时很茫然。写什么呢？想来想去想不出个头绪。2014 年年初，接着上一章节，由我讲述，井上一夫先生与编辑担当古川义子女士二人认真地将其记录并整理成本书的新增部分。还有吉卜力的田居因也同席。转眼之间，后记的截稿日期临近眼前了，与此同时，《中日新闻》每月一期的连载文章最后一期（2014年3月27日刊出）也快要截稿了。我先将连载的文章应付掉，随后拿给古川女士看，她看了当即向我提议，把它作为本书的新版后记怎么样。井上先生还说，这篇文章坦率地表达了我此时此刻的心境，田居也大为赞成。我原本不是出于这个目的拿给他们看的，不想经他们这么一说，回头再看，果然如此。我内心一阵轻松，真乃天助我也。

已经退休的老宫比以前干得更加带劲了，高畑也积极地接受各种演讲邀请，在全国飞来飞去。我呢，只要他人需要，我还会继续工作下去——只要大家需要吉卜力。

铃木敏夫

2014年5月

图书在版编目（CIP）数据

乐在工作：与宫崎骏、高畑勋在吉卜力的现场 /
（日）铃木敏夫著；杜蕾，陆求实，赵婉宁译 . — 北京：
中国华侨出版社，2022.4
　ISBN 978-7-5113-8147-7

　Ⅰ . ①乐… Ⅱ . ①铃… ②杜… ③陆… ④赵… Ⅲ .
①传记文学－日本－现代 Ⅳ . ① I313.55

中国版本图书馆 CIP 数据核字（2020）第 006176 号

SHIGOTO DORAKU, SUTAJI JIBURI NO GENBA, NEW EDITION
by Toshio Suzuki
© 2014 by Toshio Suzuki
Originally published in 2014 by Iwanami Shoten, Publishers, Tokyo.
This simplified Chinese edition published 2022
by Beijing Xiron Books Co., Ltd., Beijing
by arrangement with Iwanami Shoten, Publishers, Tokyo

图字：01-2022-1082 号

乐在工作：与宫崎骏、高畑勋在吉卜力的现场

著　　者：［日］铃木敏夫
译　　者：杜　蕾　陆求实　赵婉宁
责任编辑：刘雪涛
装帧设计：所以设计馆
排版制作：冉　冉
经　　销：新华书店
开　　本：880mm×1230mm　1/32　印张：7　字数：148 千字
印　　刷：河北鹏润印刷有限公司
版　　次：2022 年 4 月第 1 版　2022 年 4 月第 1 次印刷
书　　号：ISBN 978-7-5113-8147-7
定　　价：49.80 元

中国华侨出版社 北京市朝阳区西坝河东里 77 号楼底商 5 号　邮编：100028
发 行 部：(010) 82068999　传真：(010) 82069000
网　　址：www.oveaschin.com　E-mail：oveaschin@sina.com